24 Geschichten
aus dem hohen Norden

arsEdition

Gleich hier auftrennen!

Wie leide ich an Sehnsucht! Wäre es doch Weihnachten!

Hans Christian Andersen

Frohes Fest im hohen Norden

Kann es etwas Schöneres geben als Weihnachten?
Natürlich – Weihnachten in Skandinavien! Nirgendwo auf der Welt wird die besondere Zeit des Jahres so feierlich zelebriert wie im Norden.

Dieser Adventskalender versammelt die schönsten Weihnachtserzählungen aus der Heimat der Wichtel und Rentiere und bringt ein Stück nordisches Lebensgefühl zu dir nach Hause.

Öffne jeden Tag im Advent eine der zauberhaft gestalteten Seiten und lass dir von den hyggeligen Geschichten die Wartezeit aufs Fest verkürzen.

Nimm dir Zeit,
freundlich zu sein:
Das ist das Tor
zum Glücklichsein.

Johann Wolfgang von Goethe

Mark Levengood

Kleines Weihnachten

Der erste Advent, das ist in Finnland ein ganz besonderer Feiertag. Er heißt kleines Weihnachten.

Sobald es zu dämmern beginnt, klopft es an der Tür, und die Kinder laufen hin, um sie zu öffnen, und da liegen dann ein paar kleine Weihnachtsgeschenke. Wenn die Kinder artig gewesen sind, kann es eine Puppe oder ein Spiel geben, sind sie aber nicht artig gewesen, sondern eben finnlandschwedisch, dann liegt dort eine Reisigrute. Das ist in Finnland nichts Ungewöhnliches. Wir sagen selbst immer, dass Finnland ein Land ist, in dem 90 % der Einwohner über die übrigen schlecht reden.

Ab dem ersten Advent muss man sich aber in Acht nehmen. Denn ab dann wuseln die kleinen Wichtel überall herum und spionieren hinter uns her. Sie verstecken sich auf dem Balkon, hinter dem Herd, hinter der Gardine und unter dem Abflussgitter in der Dusche (aber da haben sie selbst schuld). Sie hängen am Fensterbrett. Sie sehen alles und alle. Sie sehen den kleinen Bruder und die große Schwester, sie sehen die süße Mama und den lieben Papa und die süße Freundin des lieben Papas, die in einer Einzimmerwohnung in Bandhagen wohnt und Ludmila heißt.

Alles schreiben die Wichtel auf und berichten es dem Weihnachtsmann, der in der Weihnachtszeit über eine phänomenale Simultankapazität verfügt.

Doch man sollte wissen, dass nicht nur die Kinder ab sofort genau unter die Lupe der Wichtel genommen werden. Beim Thema Liebsein hat niemand von uns Narrenfreiheit.

Einmal war ich im selben Hotel untergebracht wie der Dalai Lama. Er war in Plauderstimmung und erzählte, wie er als Kind zum neuen Dalai Lama auserkoren und von Mönchen in die Hauptstadt getragen wurde. »Das Einzige, was ich von der Reise noch in Erinnerung habe, ist, dass mein großer Bruder mitkam und wir uns die ganze Zeit so prügelten, dass die Sänfte schaukelte.« Nein, Lamas kommen nicht ungestraft davon, auch Kinder nicht und schon gar nicht Erwachsene.

Manchmal werden alte Menschen so schön, gewissermaßen durchscheinend und klug, und sie umgibt eine Wolke aus alten Erinnerungen und Rosenwasser. Manchmal ist es so. Manchmal kommt es anders, und sie werden knochentrocken, griesgrämig und misstrauisch, und sie umgibt eine Wolke aus alten Kränkungen und Schuldgefühlen, die sie um sich versprühen.

Als damals in Finnland Oma zu Besuch kam, um das kleine Weihnachten mit uns zu feiern, überschattete sie eine eigene kleine Wolke, und diese Wolke entwickelte sich zu einem Donnerwetter und zu Eiseskälte, als sie mich und meinen Bruder zu Gesicht bekam.

Wir waren nämlich adoptiert, und adoptiert sein gehörte sich nicht in besseren Familien, das meinte jedenfalls Oma. Sie war sehr klein und hatte ihren Hund dabei, der auch sehr klein war, und kaum war er zur Tür hereingekommen, da biss er mich schon. »Mein liebes Kind«, sagte Oma, »er spürt, dass du kein Blutsverwandter bist.«

1. Dezember

Bereits hier hörte man den diskreten Laut von Weihnachtswichteln, die vor Entsetzen auf dem Fensterblech den Halt verloren und kopfüber abstürzten. Zum Glück wohnten wir in einem Reihenhaus, sodass sie nicht allzu tief fielen, was ein Trost für die Weihnachtswichtel wie ausnahmslos für Kleinwüchsige ist, wenn man aus dem Fenster fällt.

Oma verschwand im Gästezimmer, um kurz danach wieder aufzutauchen und die Eingangstür zu schrubben. »Aber nicht doch, liebe Schwiegermutter …«, unternahm meine Mutter einen halbherzigen Versuch, aber Oma unterbrach sie mit: »Na, mir scheint's, das macht ja sonst niemand.«

Wieder ein diskretes Klicken, diesmal von Mama, die sich im Schlafzimmer einschloss und erst am Sonntagabend wieder herauskam, nachdem Oma abgereist war. Durch die geschlossene Tür konnte man Mamas gedämpfte Stimme hören, wie sie mit ihrer Freundin Dorrit telefonierte: »… und dann fängt die alte Hexe an, die Eingangstür zu schrubben.«

Solche Wörter mögen die Weihnachtswichtel nicht. Mütter kommen also nicht ungestraft davon, auch Omas und kleine Hunde nicht. Die Schwangerschaft besagter Dorrit wiederum war so weit fortgeschritten, dass die Wehen kurz vor dem Trauungsakt einsetzten, sodass sie vor dem Altar sitzen durfte, und anstandshalber stellte man auch dem verängstigten Mann, der zeitgleich Vater und Ehemann werden sollte, einen Stuhl hin. Ja, da hört ihr selbst das sanfte Rumpsen der Weihnachtswichtel, wie sie in langen Reihen zusammensacken, und das

Klappern, als der Weihnachtsmann mit zitternden Händen versucht, den kindersicheren Deckel der Valiumdose aufzuschrauben.

Es dauert noch vierundzwanzig Tage bis Weihnachten, noch liegt kein Schnee, und Schnee ist so weiß, wie es unser Gewissen auch nicht ist.

Jetzt müssen wir uns entscheiden. Entweder schreibt man in Druckbuchstaben auf ein großes Schild »Der Weihnachtsmann kommt, bist du bereit?« und stellt sich damit auf den Sergels Torg mitten in Stockholm, oder wir akzeptieren uns, wie wir sind.

Auch auf die Gefahr hin, eine Hirnblutung im süßen Kopf der Weihnachtswichtel auszulösen, möchte ich sagen: Weihnachten geht es nicht um Hochglanz.
Zusammen sein ist so viel wichtiger, Zeit füreinander zu haben und alle einzubeziehen.

Denn es kommt wohl eher nur im Ausnahmefall vor, dass man sich zurückblickend erinnert mit den Worten: »Meine Güte, was hatten wir Weihnachten 2014 doch für eine saubere Eingangstür!«

Aus dem Finnlandschwedischen von Dagmar Mißfeldt

1. Dezember

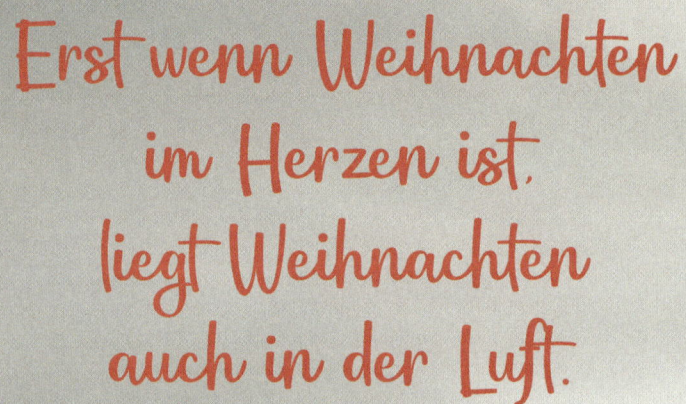

Erst wenn Weihnachten
im Herzen ist,
liegt Weihnachten
auch in der Luft.

William Turner Ellis

Iselin C. Hermann

Ein Weihnachtsmärchen

Teil I

2

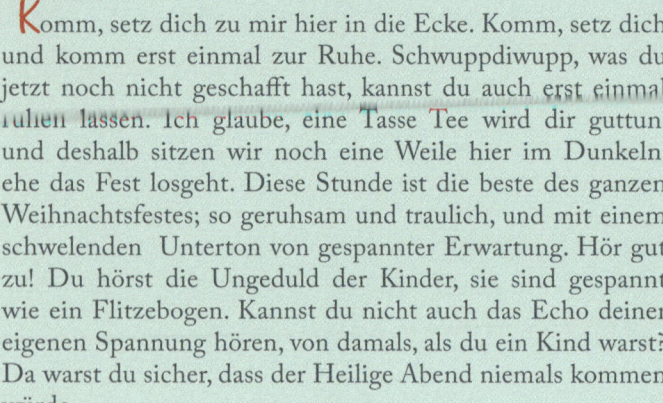

Komm, setz dich zu mir hier in die Ecke. Komm, setz dich und komm erst einmal zur Ruhe. Schwuppdiwupp, was du jetzt noch nicht geschafft hast, kannst du auch erst einmal ruhen lassen. Ich glaube, eine Tasse Tee wird dir guttun, und deshalb sitzen wir noch eine Weile hier im Dunkeln, ehe das Fest losgeht. Diese Stunde ist die beste des ganzen Weihnachtsfestes; so geruhsam und traulich, und mit einem schwelenden Unterton von gespannter Erwartung. Hör gut zu! Du hörst die Ungeduld der Kinder, sie sind gespannt wie ein Flitzebogen. Kannst du nicht auch das Echo deiner eigenen Spannung hören, von damals, als du ein Kind warst? Da warst du sicher, dass der Heilige Abend niemals kommen würde.

Die Zeiger der Standuhr waren am Zifferblatt angenagelt, die Welt drehte sich nicht mehr, die Zeit hatte einen Herzschlag erlitten. Aber nicht alles Leben hatte aufgehört, du hattest schließlich Schmetterlinge im Bauch. Und das ist der Ton, den du jetzt hörst. In der Mitte des Lebens kam mir die Kindheit weit fort und unwiderruflich vor. Aber, weißt du, mit dem Alter kehrt sie zurück und steht uns immer klarer vor Augen, während sich das Leben unserer reifen Jahre mehr und mehr im Nebel verliert. Warum hatten wir es eigentlich so eilig? Ich weiß es nicht mehr genau, aber an das Gefühl, die ganze Zeit etwas vergessen zu haben, etwas, das wir aus dem Augenwinkel heraus ahnten, daran kann ich mich erinnern.

Doch vergiss dieses Gefühl jetzt, Liebes, und hör dir mein Weihnachtsmärchen an.

In jedem Jahr kamen wir von weit her. Zuerst mit dem Zug aus der Stadt, dann das letzte Stück mit dem Pferdeschlitten. Laurids holte uns am Bahnhof ab und schlug sich immer wieder die Arme um den Leib, um nicht zu sehr zu frieren. Stets hatten wir weiße Weihnachten. Zwei Pferde – Lotte Munterklang und Rabe – waren nötig, um uns zu ziehen. Aber wir waren ja auch viele; der Schlitten war voll und musste einige Male hin- und herfahren. Onkel und Tanten, Cousinen und Vettern, die unverheiratete Lateinlehrerin »Ergo sum« und Patenonkel Knud, der nie eine Frau angesehen hatte. Das weiß man, ehe man es begreift. Man kann es riechen. Und warum wären sie am Heiligen Abend auch hergekommen, wenn sie ein eigenes Heim gehabt hätten?

Auf der Fahrt durch die Allee musste man sagen: »Aber was ist das denn für ein Hof?« Das musste man sagen, das gehörte sich so. Und da lag er dann, der Hof, und hinter allen Fenstern brannten Lichter, oben wie unten, vom Keller bis zur Mansarde.

Großvater empfing uns in der Diele, mit seiner breiten Brust und dem Atem, der ihm wie eine Fahne aus dem Mund flatterte, so kalt war es nämlich. Großvater, der uns auf die Schultern klopfte, wie seinen Pferden. Patenonkel Knud und Großvater reichten einander die Hand und wünschten sich ein

»fröhliches Fest«. Kutscherpelze und Geschenke und »die Kinder dürfen den Weihnachtsbaum nicht sehen«. Auch das gehörte dazu, und es musste oft gesagt werden. »Die Kinder dürfen den Weihnachtsbaum nicht sehen«, wie ein Schlüssel, mit dem eine Feder bis zum Zerreiß-punkt gespannt wurde. Wir wussten aus dem vergangenen Jahr und aus dem davor, dass der Weihnachtsbaum bis an die Decke reichte. »Aber in diesem Jahr ist er höher denn je, Kinder.« Das glaubten wir, und dann blieben die Uhrzeiger stehen. Man konnte nichts dagegen tun. Und es war unbegreiflich, dass die Erwachsenen einfach dastehen und heißen Punsch trinken und reden und offenbar vergessen konnten, dass doch der Heilige Abend war. Dann aber klatschte Großmutter endlich in die Hände, und es war serviert. Und wie lang der Tisch war! So viele Gedecke, mehr, als meine Glückszahl beträgt. Wir brachten nicht einen Bissen hinunter, wir Kinder, obwohl wir den süßen Reisbrei so gern aßen. Und obwohl es als Mandelgeschenk ein Marzipanschwein gab. Zwei Heilige Abende hintereinander fand Patenonkel Knud die Mandel. Langsam und sorgfältig zerkaute er sie dann. Verschwunden war der Beweis, wir hätten weinen mögen, und niemand bekam das Mandelgeschenk! Das hätte doch nicht immer wieder passieren dürfen!

In dem Sommer, in dem ich acht wurde, starb er dann. Nicht weil ihm die Mandel im Hals stecken geblieben wäre, die hatte er schließlich überaus sorgfältig zerkaut. Er legte sich einfach hin und starb, wie es hieß. Ich besuchte zum ersten Mal eine

Beerdigung. Das Grab war tief und mit Tannenzweigen ausgelegt. Von unten stieg Weihnachtsduft auf und brachte den Juli in Unordnung. Ich wurde acht und vergaß alles über Patenonkel Knud. Die Blätter wurden gelb, sie wurden braun, und dann fielen sie vom Baum. In diesem Winter war so harter Frost, dass jeder Baum und jeder Zweig aussahen wie in Kristall gegossen. Sie klirrten.

Auch ist mir kein Weihnachten,
wo es auch war, vergangen,
ohne dass es hinter meinen
geschlossenen Augen für eine
Sekunde unbeschreiblich hell wurde.

Rainer Maria Rilke

Iselin C. Hermann

Ein Weihnachtsmärchen

Teil II

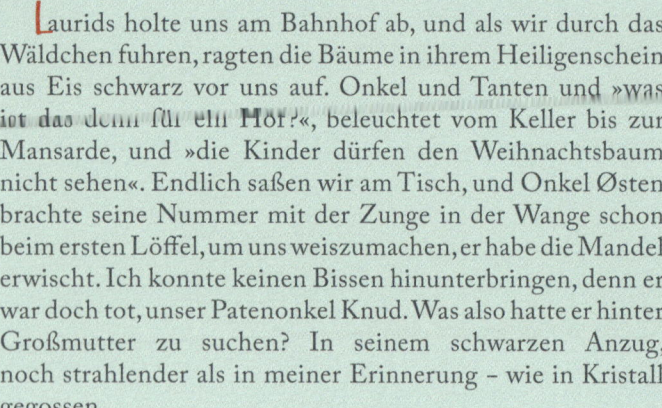

Laurids holte uns am Bahnhof ab, und als wir durch das Wäldchen fuhren, ragten die Bäume in ihrem Heiligenschein aus Eis schwarz vor uns auf. Onkel und Tanten und »was ist das denn für ein Hof?«, beleuchtet vom Keller bis zur Mansarde, und »die Kinder dürfen den Weihnachtsbaum nicht sehen«. Endlich saßen wir am Tisch, und Onkel Østen brachte seine Nummer mit der Zunge in der Wange schon beim ersten Löffel, um uns weiszumachen, er habe die Mandel erwischt. Ich konnte keinen Bissen hinunterbringen, denn er war doch tot, unser Patenonkel Knud. Was also hatte er hinter Großmutter zu suchen? In seinem schwarzen Anzug, noch strahlender als in meiner Erinnerung – wie in Kristall gegossen.

Niemand schien ihn zu bemerken. Aber so war es immer gewesen, abgesehen von den Malen, wo er die Mandel gegessen hatte. Ich wollte ihn nicht daran erinnern, dass er tot war! Wenn es ihm hier bei uns doch gefiel! Wir tanzten um den Weihnachtsbaum, und er saß wie immer in dem schwarzen Sessel. Das war seltsam. Weil niemand etwas sagte und ich außer ihm keine Toten kannte, stellte ich mir vor, dass der Tod am Heiligen Abend nicht galt, so wie gewisse Gesetze auf den Färöern und in Grönland keine Geltung haben. Die Kerzen brannten herunter, die Pralinenschüsseln waren leer, und eine fade Enttäuschung kroch an der Wandtäfelung entlang. Die Enttäuschung darüber, dass der Heilige Abend schon wieder fast vorbei war. Die Standuhr schlug. Beim ersten Schlag

zupfte Knud an seinen Bügelfalten, beim zweiten richtete er sich auf, langsam stützte er sich auf die Rücklehne, schaute sich das Weihnachtschaos an, putzte sich die Nase, und beim zwölften Schlag hatte er das Zimmer verlassen. Plötzlich ging mir auf, dass er kein Geschenk bekommen hatte. »Großmutter, bekommt Patenonkel Knud nicht immer Tabak für seine Pfeife?«, fragte ich leise. »Aber Herzchen, er ist doch tot.« Großmutter streichelte mir die Haare, und ich erwachte am helllichten ersten Weihnachtstag im gelben Gästezimmer.

Zwei Jahre später bekam Knud Gesellschaft von »Ergo sum«. Auch sie saß mit zu Tisch, ein wenig zurückgezogen, in der zweiten Reihe. »Ergo sum« in ihrem Flaschengrünen, in durchsichtiges Licht getaucht. Im Laufe der Zeit wurden die Zwischenräume zwischen den Gedecken größer und größer. Immer mehr saßen in der zweiten Reihe. Wir sagten nun selbst, die Kinder dürften den Weihnachtsbaum nicht sehen, und tranken Weihnachtspunsch. Jetzt schoben wir das Weihnachtsessen hinaus, und Großvater war lebenssatt. Er starb, als die ersten Schneeglöckchen aus dem Schnee hervorlugten.

Nun konnte Großmutter den großen Hof nicht vom Keller bis zur Mansarde allein bewohnen. Darüber waren sich alle einig. Nur ich fand, dass sie dort bleiben sollte. Sie sollte in meiner Kindheit wohnen bleiben. Ich kannte jeden Winkel, kannte das Geräusch der Küchentür – dieses

Geräusch ohne Namen, in dem tausend Tage wohnten. Und alle Heiligen Abende. Aber das war ja unlogisch, sie brauchte etwas Kleineres. Ja, und verstehst du, die Gemeinde möchte den Hof kaufen, das kommt doch wie gerufen. Die schmale zweispurige Straße ist schon längst zu klein. Ja, sie wollen eine Straße quer über das Grundstück legen, um nicht zu sagen, mitten durch das Wohnhaus. Für Großmutter spielte das keine Rolle. »Wenn ich einen Ort verlassen habe, dann für immer. Und weißt du was, mein Kind, ich habe es doch hier drinnen.« Sie klopfte sich auf die Brust und sah stolz aus.

Die Blätter wurden gelb, und das Dach wurde heruntergenommen. Die Blätter wurden rot, und die Abrissbirne tat ihre Pflicht. Der erste Schnee fiel dort, wo die Diele gewesen war. Auch ich hatte den Hof nicht mehr besucht, seit der letzte Möbelwagen durch die Allee gefahren war und Großmutter den Schlüssel umgedreht hatte. Obwohl es jetzt, so gesehen, nichts mehr zum Einschließen gab.

Du meine Güte, das ist alles so lange her. Die Straße wurde gebaut und später verbreitert. Inzwischen ist sie angeblich vierspurig. Gerade und übersichtlich. Aber am Heiligen Abend ja, gerade um die Zeit, wo die Spannung der Kinder schwelt und surrt, da müssen sich einzelne Vorüberfahrende die Augen reiben. Was ist das denn bloß? Es hängt wie ein Dunst über der Fahrbahn, und darin scheint ein Haus zu schweben. Manche würden sagen, ein mundgeblasenes Haus aus Glas, vom Keller bis zur Mansarde. Und im Esszimmer an dem langen Tisch sitzen strahlende Weihnachtsgäste. Ein Stück vom Tisch entfernt, wie in der zweiten Reihe und in einer ganz anderen Zeit. Der Autofahrer reibt sich die Augen: »Was ist das denn für ein Hof?« Aber was rede ich denn hier! Gib mir deine Hand, du. Und dann gehen wir zu den anderen hinüber. Und denk dran: Die Kinder dürfen den Weihnachtsbaum nicht sehen.

Ich wünsche ein richtig schönes Fest!

Aus dem Dänischen von Gabriele Haefs

3. Dezember

Die Tage kommen, kommen –
sie sehen mich an, wartend,
voller Licht und Hoffnung.

Weisheit aus Norwegen

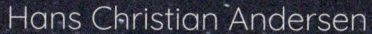

Hans Christian Andersen

Der Wichtel beim Krämer

Teil I

4

Es war einmal ein richtiger Student, der wohnte unterm Dach und besaß überhaupt nichts. Und dann war da noch ein richtiger Krämer, der wohnte im Erdgeschoss und besaß das ganze Haus, und an den hielt sich der Wichtel, denn von ihm bekam er jedes Jahr zu Weihnachten einen Teller süßen Brei mit einem großen Klecks Butter obendrauf – den konnte der Krämer nämlich entbehren. Und der Wichtel blieb bei ihm im Laden, was überaus lehrreich war.

Eines Abends kam der Student zur Hintertür herein, um sich Kerzen und Käse zu kaufen. Er hatte keinen Dienstboten, also ging er selbst. Er bekam, was er verlangte, bezahlte, und der Krämer und seine Frau nickten ihm ein »Guten Abend« zu (die Frau konnte übrigens mehr als nur nicken, sie war auch sprachmächtig!). Der Student nickte zurück, doch als sein Blick auf das Papier fiel, in das der Käse eingewickelt war, hielt er plötzlich inne und begann zu lesen. Es handelte sich um eine Seite aus einem alten Buch, das nicht hätte zerrissen werden dürfen, einem alten Buch voller Poesie.

»Davon habe ich noch mehr!«, sagte der Krämer. »Eine alte Frau hat damit ein paar Kaffeebohnen bezahlt. Für acht Schilling gebe ich Ihnen den Rest!«

»Danke«, sagte der Student, »dafür verzichte ich glatt auf den Käse! Ich kann mein Brot auch unbelegt essen, es wäre ja eine Sünde, das ganze Buch in Stücke zu zerreißen. Sie sind ein guter Mann, ein praktischer Mann, aber von Poesie verstehen Sie so viel wie der Bottich da.«

Das war nicht besonders nett, vor allem dem Bottich gegenüber, doch der Krämer lachte, und der Student lachte, es war ja gewissermaßen als Scherz gemeint. Der Wichtel aber ärgerte sich darüber, dass jemand es wagte, so etwas zu einem Krämer zu sagen, der Hauswirt war und die beste Butter verkaufte.

In der Nacht, als der Laden geschlossen war und alle bis auf den Studenten schliefen, ging der Wichtel her und holte sich das lose Mundwerk der Krämersfrau, im Schlaf brauchte sie es ja nicht. Und egal welchem Gegenstand er es nun aufsetzte, konnte der plötzlich sprechen und seine Gedanken und Gefühle ebenso gut in Worte fassen wie die Frau des Krämers, allerdings konnte immer nur einer es haben, und das war ein Segen, denn sonst hätten ja alle durcheinandergeredet.

Als Erstes setzte der Wichtel das Mundwerk dem Bottich auf, in dem die alten Zeitungen lagen. »Ist es wirklich wahr, dass Sie nicht wissen, was Poesie ist?«, fragte er.

»Doch, das weiß ich«, sagte der Bottich, »das ist so was, das immer unten in den Zeitungen steht und manchmal ausgeschnitten wird. Davon habe ich ganz bestimmt mehr im Leib

als der Student, dabei bin ich nicht mal ganz dicht, was man über den Krämer nicht behaupten kann!«

Als Nächstes bekam die Kaffeemühle das Mundwerk, ja, da stand es gar nicht mehr still! Auch dem Butterfass und der Geldlade setzte der Wichtel es auf – sie alle teilten die Meinung des Bottichs, und was die Mehrheit meint, das muss man respektieren.

»Dem werd ich was erzählen!«, sagte der Wichtel und schlich sich die Küchentreppe zur Dachkammer hinauf, wo der Student wohnte. Durch die Türritzen fiel Licht, und als der Wichtel durchs Schlüsselloch blickte, sah er, dass der Student in dem zerfledderten Buch von unten las. Aber wie hell es in der Kammer war! Aus dem Buch ragte ein leuchtender Strahl empor, der zu einem Stamm, einem mächtigen Baum wurde, sich hoch erhob und seine Äste weit über den Studenten ausbreitete. Die Blätter waren so frisch und die Blüten anmutige Mädchengesichter, mit dunklen, funkelnden Augen die einen und mit blauen, wunderbar klaren die anderen. Die Früchte waren glänzende Sterne, und ein herrliches Singen und Klingen war in den Zweigen!

Nein, so eine Pracht hatte der Wichtel im Traum nicht erwartet, geschweige denn jemals gesehen oder gehört. Und so blieb er auf den Zehenspitzen stehen und guckte und guckte,

bis in der Kammer das Licht ausging. Selbst als der Student seine Lampe ausgeblasen und sich ins Bett gelegt hatte, stand der kleine Wichtel noch da, denn es sang und klang noch immer so herrlich und sanft, wie ein liebliches Schlaflied für den einschlummernden Studenten.

4. Dezember

Das Glück erkennt man nicht mit dem Kopf, sondern mit dem Herzen.

Weisheit aus Norwegen

Hans Christian Andersen

Der Wichtel beim Krämer

Teil II

5

»Wie wunderschön es hier ist!«, sagte der kleine Wichtel. »Wer hätte das erwartet? – Ich glaube, ich bleibe jetzt lieber beim Studenten.« Doch dann dachte er darüber nach, überlegte ganz vernünftig und seufzte: »Der Student hat keinen Brei.« Und dann ging er. Ja, er ging wieder hinunter zum Krämer, und das war auch gut so, denn der Bottich hatte fast das ganze lose Mundwerk aufgebraucht, indem er sämtliche Vorderseiten in seinem Inneren vorgelesen hatte; er war kurz davor, auch die Rückseiten vorzulesen, als der Wichtel kam und das Mundwerk zurück zur Krämersfrau brachte. Doch von nun an war der ganze Laden, von der Geldlade bis zum Zündholz, derselben Meinung wie der Bottich, und sie hatten so eine Hochachtung vor ihm und trauten ihm so viel zu, dass sie dachten, es spräche der Bottich, wenn der Krämer die Kunst- und Theaterkritiken aus seinem Abendblatt vorlas.

Der kleine Wichtel aber saß jetzt nicht mehr ruhig daneben und lauschte all den weisen und verständigen Worten dort unten – nein, sobald es in der Dachkammer zu leuchten begann, war es, als zögen ihn die Lichtstrahlen wie kräftige Ankertaue hinauf, und er konnte nicht anders, als durch das Schlüsselloch zu blicken, und da wurde er sogleich von einer solchen Erhabenheit umbraust, wie wir sie beim Anblick des wogenden Meeres empfinden, wenn Gott im Sturm darüber hinweggeht, und er brach in Tränen aus, ohne zu wissen, warum er eigentlich weinte, es war einfach ein solcher Segen! Wie wunderwun-

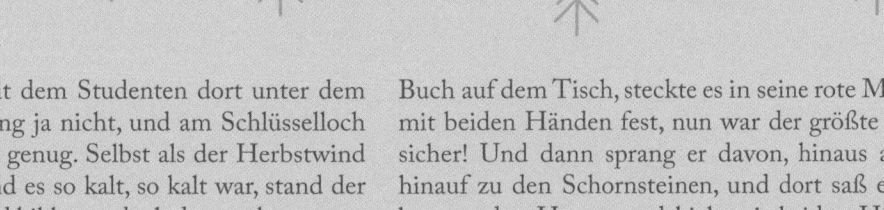

derschön musste es sein, mit dem Studenten dort unter dem Baum zu sitzen, aber das ging ja nicht, und am Schlüsselloch war er auch schon glücklich genug. Selbst als der Herbstwind zur Dachluke hereinblies und es so kalt, so kalt war, stand der Kleine dort noch im Flur und bibberte, doch das merkte er erst, als das Licht in der Dachkammer verlosch und der Gesang im Wind erstarb. Hu! Dann fror er und verkroch sich wieder nach unten in seine warme Ecke, wo es angenehm und bequem war. Und als Weihnachten kam und damit der Brei mit dem großen Klecks Butter – ja, da war der Krämer der Größte!

Mitten in der Nacht aber erwachte der Wichtel von einem fürchterlichen Radau, draußen hämmerten Leute gegen die Fensterläden, der Wachmann pfiff, ein großes Feuer war ausgebrochen, die ganze Straße leuchtete lichterloh. War es hier oder im Nachbarhaus? Wo? Es war einfach entsetzlich! Die Krämersfrau war so durcheinander, dass sie ihre Goldohrringe abnahm und in die Tasche steckte, um wenigstens etwas zu retten, der Krämer eilte zu seinen Wertpapieren und das Dienstmädchen zu seiner Seidenmantille, die konnte es sich nämlich leisten. Jeder wollte in Sicherheit bringen, was ihm am wertvollsten war, so auch der kleine Wichtel, und in wenigen Sprüngen war er die Treppe hinauf und in die Kammer des Studenten gestürzt, der dort in aller Seelenruhe am offenen Fenster stand und das Feuer betrachtete, das im Haus gegenüber tobte. Der kleine Wichtel griff nach dem wunderbaren

Buch auf dem Tisch, steckte es in seine rote Mütze und hielt es mit beiden Händen fest, nun war der größte Schatz im Haus sicher! Und dann sprang er davon, hinaus aufs Dach, hoch hinauf zu den Schornsteinen, und dort saß er im Schein des brennenden Hauses und hielt mit beiden Händen seine rote Mütze umklammert, in der sich der Schatz befand. Da spürte er, wofür sein Herz schlug, zu wem er wirklich gehörte. Doch als das Feuer gelöscht und er wieder bei Sinnen war – ja, da sagte er sich: »Ich werde mich zwischen ihnen aufteilen! Den Krämer kann ich nicht aufgeben, wegen des Breis.«

Und das war eigentlich ganz menschlich. Wir gehen schließlich auch zum Krämer – wegen des Breis.

Aus dem Dänischen von Nora Pröfock

5. Dezember

Es wird Weihnachten!
Mein ganzes Haus riecht schon
nach braunem Kuchen.

Theodor Storm

Herman Bang

Weihnachten. Das Fest der Erinnerungen

Teil I

6

Weihnachten ist das Fest der Erinnerungen. Erinnerungen aus der Kindheit scharen sich um den Namen. Erinnerungen aus der Zeit, als wir nach Weihnachten fragten, sobald die Abende nur etwas länger zu werden begannen, und Mutter sagte, dass es noch ganz, ganz lange dauern würde. Aber das erste Zeichen, dass es nun bald so weit war, das bekamen wir, als die großen Steinkrüge aus der Speisekammer geholt wurden und Mutter Berge von Mehl und Butter abwog und den Teig für die »braunen Kuchen« in dem großen Trog knetete. Und wenn der Teig geknetet war, kam er in die Steinkrüge, die verschlossen und in die Speisekammer zurückgestellt wurden, und es dauerte noch lange bis Weihnachten. Denn erst musste der Teig gehen.

Doch wenn es einem gelang, unbemerkt in die Speisekammer zu schlüpfen, wo die Töpfe standen, dann hob man ein wenig den Deckel an, ein ganz klein wenig – nur um zu sehen, ob der Teig auch wirklich ging, denn dann wusste man: Nun war es bald so weit, und nun sollte gebacken werden. Sonst würden die Kuchen weich werden, sagte das Küchenmädchen.

Und man sah es außerdem auch an anderen Dingen: Stets musste irgendetwas schnell im Nähkästchen verschwinden, es kamen viele Pakete an, und Mutters Kabinett wurde abgeschlossen: Die Weihnachtssachen lagen dort drinnen auf dem Sofa. Zuletzt wurde sogar etwas ins Schlüsselloch gestopft, sodass man überhaupt nicht mehr hineinsehen konnte, und dann wusste man, dass der Weihnachtsbaum eingetroffen war.

Man ging von nun an früh am Abend ins Bett, damit die Zeit schneller verging. Eine ganze Woche lang wurden Herzen ausgeschnitten und lange Streifen aus Seidenpapier, die mit einer Papierschere geschnitten werden mussten, und kleine Körbchen aus Glanzpapier. Aber am schwierigsten ist es, die Herzen zu flechten, das kann nur Mutter. Minna weint, weil sie sich mit der kleinen Stickschere in die Finger gestochen hat. Fritz sagt, sie mache nur das Papier kaputt.

Hatte man Geld im Sparschwein, dann ging es auf zum »Einkaufen«. Es ist so voll und so hell beim Kaufmann, in allen Glaskugeln unter der Decke ist Licht, und auf den Tischen stehen kleine Weihnachtsbäume und Lampen hinter allen Puppentheatern. Es gibt viel zu sehen beim Kaufmann. Wenn wir an der Reihe sind, fragt uns der Verkäufer, wie viel wir haben, und zählt das Geld. Wir brauchen etwas »für acht« für die drei Mark und sieben Schilling. Dann fragen wir nach den teuersten Dingen, aber zuletzt gehen wir hinaus mit einer Garnrolle aus Horn für Marie, das Küchenmädchen, und einem kleinen Nadelkissen in Gestalt eines Apfels für Hanne …

Am nächsten Tag ist Backtag. Nie zuvor haben wir Mutter so früh aufstehen sehen. Es ist so dunkel, dass sie Licht machen muss, während sie Tee trinkt und vor dem Spiegel steht und sich ihre weiße Schürze umbindet, eine große Schürze. Und dann können wir hören, wie es in der Küche klirrt und klappert, und Mutter, Hanne und Marie lachen und singen und haben alle Hände voll zu tun. Wir bekommen den Tee

ans Bett, denn dann ist man uns solange los. Später bekommen wir etwas Teig ins Speisezimmer heraufgebracht und formen daraus Kringel und Herzen und Frauen mit Rosinen als Augen und einer braunen Mandel als Nase. Am Abend werden alle Kuchen in weiße Schüsseln gelegt, und Mutter legt die verbrannten beiseite und füllt die anderen in Blechdosen. »Weihnachten dauert lange«, sagt sie.

Dann wiegt sie Reis ab für die Armen und füllt Zucker in Tütchen aus Zeitungspapier, und zu jedem Päckchen legt sie zwölf braune Kuchen, ein Paar Strümpfe und einen Unterrock. Das ist für die Alten, aber wenn die Pakete für das Waisenhaus gepackt werden, bittet sie uns um etwas Spielzeug und sagt, dass nichts zu gut sein könne. Jeder holt seines hervor, und wir streiten uns darum, wer das Beste geben kann, und zuletzt schimpft Mutter: nun sei es aber genug. »Ach – nur dies noch!«, sagen die Kinder.

Und wenn wir dann ins Bett gehen, ist am nächsten Tag Weihnachten. Den ganzen Tag über hat Mutter sich in ihrem Kabinett eingeschlossen, und die Kinder sitzen jedes in seiner Ecke und wickeln ihre Geschenke in Schreibpapier ein, ohne miteinander zu reden. In jedem Mund sind zehn Geheimnisse versteckt. Wenn man aber alles eingepackt und wieder ausgewickelt und wieder eingepackt hat, trippelt man im Speisezimmer herum und spielt alles Mögliche, was einen dann aber auch gleich wieder langweilt. Und man kann überhaupt nicht verstehen, dass es nicht einen einzigen winzigen Spalt in der

Tür zum Kabinett gibt – und dann die viele Watte im Schlüsselloch!

Manchmal kommt Mutter heraus, aber bevor sie die Tür öffnet, ruft sie von drinnen: »Weg von der Tür, Kinder!«, und schließt sie ganz schnell wieder. Was sie aus dem Sekretär holt, versteckt sie unter ihrer Schürze.

Hanne kommt hineingestürzt, und Mutter muss schnell im Buch des Postboten unterschreiben, um die Kiste aus Kopenhagen zu bekommen, die Kiste von den Großeltern, und man kann hören, wie Mutter im Kabinett mit Papier raschelt, während sie das Paket auspackt. Was von den Großeltern kommt, ist immer das Allerbeste.

Wenn alles fertig ist, zieht Mutter sich um. Die Glocken drüben in der Kirche haben angefangen zu läuten. Wenn man das Gesicht gegen die Fensterscheibe drückt, kann man sehen, wie die Leute draußen auf dem Marktplatz hin und her eilen, der eine mit einem Baum, der andere mit einem Paket. Die meisten wollen in die Kirche – die großen Kirchenfenster leuchten über den ganzen Marktplatz auf den Schnee.

Wer aus dem
Sturm heimkommt,
der hat Erfahrung.

Weisheit aus Island

Herman Bang

Weihnachten.
Das Fest der Erinnerungen

Teil II

Dann gehen wir an Mutters Hand in die Kirche. In der Dämmerung haben wir die Weihnachtslieder gesungen, sodass wir sie jetzt gut können. Doch hier drinnen braust der Gesang wie eine Woge, man bekommt fast Angst, obwohl es so schön ist. Und die Lichter und Tannenzweige an allen Bänken, und alle Menschen singen.

»Mama«, sagt Minna, »Mama – Mathiesen singt auch.«
»Ja.«

Aber Minna kann nicht begreifen, dass Mathiesen singen kann – der dicke Bierbrauer mit dem roten Gesicht –, und sie starrt auf sein Mondgesicht und seinen ungeheuren Mund, aus dem der Gesang wie ein dumpfes Grollen herausdonnert.

Und wieder fragt sie: »Mama – wieso singt Mathiesen denn?«
»Weil das Christkind geboren ist, Minna«, sagt Mutter. »Er freut sich so sehr.«

Und als das Lied zu Ende ist, trocknet sich Mathiesen mit einem roten Taschentuch den Schweiß von der Stirn.

»Mama«, fragt Minna ganz leise, »geht es jetzt los mit der Predigt?«
»Ja – er steht doch schon da oben …«

So viele große runde Augen, die auf dem Pastor ruhen. Und die ganze Zeit sitzen sie still, unbeweglich, ohne sich zu rühren, denn gestern Abend, als sie alle in der Ecke beim Klavier gesessen haben und Mutter ihnen vom Jesuskind erzählt hat, hat sie gesagt: »Wenn man nicht stillsitzt, während der Pastor predigt, dann wird der liebe Gott böse.« Still wie eine Maus sitzt man, bis sie wieder zu singen anfangen, und noch länger.

Aber zuletzt schielt Minna doch ein ganz klein wenig zu Mathiesen hinüber. »Mama«, flüstert sie, »jetzt singt Mathiesen aber nicht mit.«
Und kurz darauf flüstert sie wieder: »Mama – Mama …«
»Minna – pst – sitz still …«
»Ja – aber Mama, Mathiesen schläft.«

Dann singt der Pastor etwas ganz vorn in der Kirche, und die Orgel braust los, und wie schön er jetzt geschmückt ist, der Pastor, da vorne bei den vielen Lichtern. Und Minna drückt sich eng an Mutter heran: »Kommen jetzt die Engel?«, fragt sie.

Zu Hause bekommt man keinen Bissen herunter, weder von der Grütze noch von der Gans oder von sonst etwas. Aber Vater sagt, dass es nicht Weihnachten wird, wenn man nicht aufisst. Und dann versteckt man die Reste unter seiner Gabel …

Mutter geht die Lichter anzünden. In der dunklen Stube erzählt Vater Geschichten, aber alle Augen starren hinüber zur Kabinettstür, und man darf aufstehen und vorsichtig auf und ab gehen. Endlich kommen Hanne und Marie in ihren

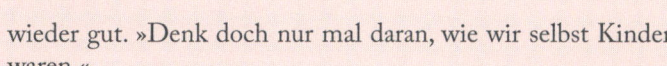

schwarzen Kleidern herein und stehen an der Speisezimmertür – und dann steht Mutter in der Tür und sagt: »So, Kinder!«

Wie sie hineinstürmen zu ihrem Tisch! Und der Baum – ach, wie voll er hängt! Oh – und der Wichtel auf der Spitze, der mit dem Kopf nicken kann. Den hat Großvater geschickt.

»Mama! Ich hab ja doch einen Säbel bekommen!«
»Mutter … Mutter … die Puppe kann Mama sagen!«

Am Weihnachtsmorgen wacht man auf und denkt sofort an das Spielzeug und die Süßigkeiten, und wir sind schon wach, lange bevor es hell wird, und Hanne bringt uns die Sachen ans Bett, und wir bekommen Tee mit Weihnachtsgebäck, und wenn die Leute zum Gratulieren kommen, bekommen wir Schokolade. Vater macht sich Sorgen um unsere Mägen, aber Mutter sagt, dass nur einmal im Jahr Weihnachten sei …

Und dann wird es Neujahr! Wie sie auf dem Marktplatz schießen, und wir bekommen so viele Töpfe ans Tor und einen auch an die Küchentür, dass Hanne fast in Ohnmacht fällt. Der ist von Maries Liebhaber. Um zwölf gibt es Punsch, und dann sagt Vater, dass jetzt eigentlich alles vorbei ist. Aber es sind doch auf jeden Fall noch acht Tage, bevor die Schule wieder anfängt, und wir wollen noch zum Ball im Klub …

»Du verziehst die Kinder«, sagt Vater.
»Ach was – zu Weihnachten, Karl«, und Mutter küsst ihn

wieder gut. »Denk doch nur mal daran, wie wir selbst Kinder waren.«

So scharen sich glückliche Erinnerungen um das Wort »Weihnachten«, und sie erquicken selbst das Gemüt der Kranken, und den Reichen machen sie mildtätig, den Armen aber dankbar. Daher nehmen die guten Taten zu Weihnachten zu, und alle bekommen ihren Anteil am Fest. In den Stuben der Hospitäler werden Weihnachtsbäume aufgestellt, und die Kranken, die nicht laufen können, trägt man hinein, damit auch sie das schöne Licht sehen können. Für viele von ihnen ist es der letzte Baum. Jemand holt die armen Kinder zusammen, die ohne Zuhause in den Straßen und Gassen herumstreunen, und gibt ihnen Kleider und Essen. Und dort draußen, wo man jeden Tag hungert, ganz elendig hungert, ohne einen Bissen Brot zu besitzen, dort bekommt man heute etwas zu essen und hungert nicht – zumindest nicht an diesem einen Tag.

Dem Unglück, das man kennt, dem will man so gerne abhelfen. Doch es gibt stumme Leidende, deren Schmerz man nicht kennt und denen man auch nicht helfen könnte, wenn man ihn kennte – und doch schenkt man ihnen und ihren Sorgen einen milden, mitfühlenden Gedanken.

Denn Erinnerungen stimmen das Gemüt milde.

Aus dem Dänischen von Joachim Grage und Anne-Bitt Gerecke

Ich habe diese Zeit des Jahres gar lieb, die Lieder, die man singt, und die Kälte, die eingefallen ist, machen mich vollends vergnügt.

Johann Wolfgang von Goethe

Norwegisches Volksmärchen

Das Kätzchen auf Dovre

8

Es war einmal ein Mann oben in Finnmarken, der hatte einen großen weißen Bären gefangen, den wollte er dem König von Dänemark bringen. Nun traf es sich so, dass er gerade am Weihnachtsabend zum Dovrefjeld kam, und da ging er zu einem Haus, wo ein Mann namens Halvor wohnte, und den bat er um ein Nachtquartier für sich und seinen Bären.

»Ach, Gott steh mir bei!«, sagte der Mann, »wie sollte ich wohl jemandem Nachtquartier geben können! Am Weihnachtsabend kommen hier immer so viele Trolle, dass ich mit den Meinen ausziehen muss und selber nicht einmal ein Dach über dem Kopf habe.«

»Oh, ihr könnt mich deswegen doch beherbergen«, sagte der Mann, »denn mein Bär kann hier hinter dem Ofen liegen, und ich lege mich in den Bettverschlag.«

Halvor hatte nichts dagegen, zog aber selbst mit seinen Leuten aus, nachdem er zuvor gehörig für die Trolle hatte auftischen lassen: Die Tische waren besetzt mit Reisbrei, Stockfisch, Wurst und was sonst zu einem herrlichen Festschmaus gehört.

Bald darauf kamen die Trolle; einige waren groß, andere klein, einige hatten lange Schwänze, andere waren ohne Schwanz, und einige hatten ungeheuer lange Nasen, und alle aßen und

tranken und waren guter Dinge. Da erblickte einer von den jungen Trollen den Bären, der hinter dem Ofen lag, steckte ein Stückchen Wurst an die Gabel und hielt es dem Bären vor die Nase. »Kätzchen, magst du auch Wurst?«, sagte er.

Da fuhr der Bär auf, fing fürchterlich an zu brummen und jagte sie alle, Groß und Klein, aus dem Haus.

Im Jahr darauf war Halvor eines Nachmittags so gegen Weihnachten im Wald und schlug Holz für das Fest, denn er erwartete wieder die Trolle. Da hörte er es plötzlich rufen:

»Halvor! Halvor!«

»Ja!«, sagte Halvor.

»Hast du noch die große Katze?«, rief es.

»Ja«, sagte Halvor, »jetzt hat sie sieben Junge bekommen, und die sind noch viel größer und böser als sie.«

»Dann kommen wir niemals wieder zu dir!«, rief der Troll im Walde.

Und von der Zeit an haben die Trolle nie wieder den Weihnachtsbrei bei Halvor auf Dovre gegessen.

8. Dezember

Wein befreit den Menschen
von der kühlen Denktätigkeit
und offenbart seine innere Wärme
und sein wahres Wesen.

(frei nach Dionysos)

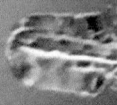

Kim Smage

Das Weingeheimnis

Teil I

9

Vor etlichen Jahren gehörte ich einer Jury an, die den besten Roman im Genre Krimi und Spannung auswählen sollte. Die Manuskripte strömten herein, und als das letzte gelesen war, hatte ich den Eindruck gewonnen, dass Tafelfreuden und Mord zusammengehören. Nicht notwendigerweise weil Essen und Wein den Tod brächten. Aber zu all diesen eleganten Morden gesellten sich unweigerlich Speis und Trank. Vor allem Trank. Und kein beliebiger Trank! Helden und Schurken tranken keine Buttermilch und keine Vollmilch, weder Limonade noch Cola oder Wasser. Helden und Schurken tranken Wein. Aber sie kippten sich den Wein nicht hinter die Binde, um davon in Stimmung zu kommen. Wenn sie ihre Sorgen ertränken wollten, dann griffen sie zu Bourbon, Whisky und Wodka, und zwar an einem Tresen mit einem Barmann, der sie verstand – Runde um Runde – und ihnen ins wartende Taxi half, wenn der Abend ein Ende nahm, die Beine nicht mehr gehorchten, die Aussprache stockte und der Held ins Bett gesteckt werden musste. Wein dagegen spielte in den Manuskripten eine ganz andere Rolle. Er diente dem Genuss.

Ich fühlte mich von diesen Szenen total provoziert. Von diesen endlosen Mahlzeiten mit allerlei Weinsorten, die gekostet und geschmeckt und gegurgelt und kommentiert werden mussten. Ich kam mir vor wie im Kurs »The Noble Art of Wine Tasting«.

Was ich als Mädel aus dem Ostend von zu Hause an Wissen über Rotwein mitbekommen hatte, war folgende Aussage: »Huch, saurer Rotwein!« Weißwein wurde nie erwähnt. An einem Sommerabend, als die Frauen strickend auf den Bänken saßen und die Männer sich mit Schach die Zeit vertrieben, hatte ein Steward, der im Haus wohnte, eine Flasche Weißwein spendiert. Ich glaube, die Beschenkten wollten doch lieber Kaffee trinken. In meiner Umgebung hatten diese langhalsigen grünen oder blanken Weinflaschen einfach keine Tradition. Sie gehörten in eine andere Welt.

Ich bitte alle Weinkenner, mir zu vergeben, aber ich trinke wirklich gern Wein – vor allem Rotwein. Und ich esse gern Räucherlachs. Und es ist nicht mein Problem, dass die Kellner erbleichen und »Verzeihung?« fragen, wenn ich gut temperierten Rotwein und gut geräucherten Lachs bestelle.

Da saß ich nun also, mit Tausenden von Manuskriptseiten, auf denen es neben Morden und deren Aufklärung vor allem um Essen und Trinken ging.

Ich versuchte, neutral zu sein, professionell, und keinen Autor zu nominieren, nur weil Held oder Schurke Grütze, Hering und Knäckebrot aß und Sauermilch trank.
Ich versuchte, meinen Kopf auf null zu schalten. Es lagen doch recht viele Jahre zwischen meiner Jugend und »Rotwein

schmeckt sauer« und meiner jetzigen Situation. Wirklich viele Jahre. Aber als ich zurückspulte und mich bemühte, WEIN zu denken, wurde ich ein wenig verlegen. Denn Rotwein für mich als Erwachsene bedeutete brennende Kerzen, eine Flasche beliebigen Weins, ein Zimmer mit Sofa und eine aufkeimende Liebschaft. Ziemlich banal also. Ich kann mich jedenfalls nicht daran erinnern, dass wir am Korken geschnuppert oder den Wein in eine Karaffe dekantiert oder ihn in den passenden Gläsern serviert hatten. Wir tranken vor allem aus für Studenten typischen Senfgläsern.

Aber ich bin nun einmal ein neugieriges Wesen, und mein Entschluss stand fest: Ich wollte den Weinkennern (sprich den Manuskriptverfassern) ihr Wissen über die verschiedenen Weinsorten entreißen.

Die Dame im Weinladen fand mein Vorhaben lustig. Ich erzählte von seriösen Weinproben, und sie versah mich mit Weinen von den preislichen Leichtgewichtsklassen bis zu den wirklichen Schwergewichten. Letztere rissen ein tiefes Loch in meine Brieftasche.

Ich transportierte die Weinflaschen durch die vereisten Straßen stehend, nicht liegend. Denn so verhält sich eine echte Önologin trotz der Rutschgefahr. Liegender Transport zerstört irgendetwas. Ich hatte mir von Bekannten die vorschriftsmä-ßigen Trinkgefäße ausgeliehen, so echte, nach innen gebogene Weingläser. Beim Dekantieren war ich mir nicht mehr so sicher. Die einen sagten, der Wein müsse dekantiert werden, die anderen, das sei nur Unsinn. Aber alle stimmten überein, was das Lüften betraf. Mindestens dreißig Minuten musste der Wein gelüftet werden. Bei Zimmertemperatur. Und damit ist keine normale Wohnzimmertemperatur gemeint, die liegt viel zu hoch. Zimmertemperatur in der Weinsprache bedeutet für Rotwein achtzehn Grad. Und versuchen Sie bloß nicht, die Flasche am Heizkörper oder unter dem Heißwasserhahn anzuwärmen, das wäre ein Sakrileg. Ich beging kein Sakrileg. Ich hielt mich an die Vorgabe der Manuskripte; ich kaufte den Wein zwei Tage vor der Probe und ließ ihn in Ruhe liegen und vor sich hin temperieren.

Ein wenig Hilfe
will das Glück
gerne haben.

Weisheit aus Norwegen

Kim Smage

Das Weingeheimnis

Teil II

10

Vor mir auf dem Tisch stand die ganze Flaschenbatterie aufgereiht. Ein schöner Anblick. Ich duschte jeden Morgen mit unparfümierter Seife, ich benutzte keinerlei Spray, das Geruch oder Geschmack beeinträchtigen könnte, wenn der MOMENT DES KOSTENS gekommen war. Ich verzichtete am Vorabend des großen Tages sogar auf meine Abendzigaretten.

Das Problem war, dass das Ganze vormittags stattfinden sollte. Denn vor zwölf sind die Geruchs- und Geschmacksnerven besonders aufnahmefähig. Schöner wäre es eigentlich, dabei zu mehreren zu sein. So könnte man auch ein präziseres Resultat erzielen. Ich rief also Freunde und Bekannte an. Einer arbeitete in der Schule – hatte Unterricht; eine arbeitete bei der Gemeinde – hatte Besprechung; einer arbeitete im Kindergarten – große Verantwortung; eine arbeitete in einer Zeitungsredaktion – hatte Deadline. Niemand konnte sich an einem Mittwochvormittag vor Weihnachten einer Weinprobe widmen. Ich musste mich also auf mich selbst verlassen.

Alles ging gut. Ich stand früh auf. Ließ meine Katze nach draußen in den Schnee, ging gleich nach Ladenöffnungszeit zum Bäcker und kaufte Weißbrot. Und Mineralwasser. Wichtige Zutaten zu der Seance, die nun folgen sollte.

Alles war unter Kontrolle. Ich ging mit Andacht und Neugier zu Werk. Ich sehnte mich danach, zur Eingeweihten zu werden. Etwas von dem Prozess zu begreifen, den rote und blaue Trauben durchlaufen müssen, ehe sie in Flaschen landen und in Gläsern serviert werden.

Ich ging überaus sorgfältig vor. Hielt das Glas am Stiel, nahm den Wein in den Mund. Zuerst den billigen Wein. Spuckte aus nach Weinkennerinnenmanier. Kaute ein Stück Weißbrot. Machte mit einem teureren Wein weiter. Mehr Weißbrot. Einen Schluck Mineralwasser. Nächster Wein. Ich schnupperte und gurgelte, kostete und schmatzte, notierte: »Dieser Wein hat meine Zähne ausgetrocknet, dieses Miststück. Zu viel Gerbsäure.« Und spuckte aus. Versuchte, das LICHT zu sehen. Aber ich sah weder LICHT noch Nationalität, Bodenbeschaffenheit, Hanglage, Traubensorte, die Ahnen der Winzer bis zurück zu Karl dem Großen, Jahrgang oder …

Es schmeckte nach Wein. Ganz einfach. Nach Rotwein. Die exaltierten Darstellungen in den Manuskripten trafen nicht zu, sie stimmten nicht. Mir erzählte der Wein rein gar nichts über die Geschichte der Winzer, über gute und schlechte Jahre, über mit Fuß- oder Maschinenarbeit gekelterte Trauben und alles andere, was ich doch erfahren, entlarven, erfassen wollte.

Am Ende vergaß ich, die Kostproben auszuspucken. Stellte fest, dass eine Erkenntnis ewig wahr bleibt: Wein bedeutet Rausch. Wein bedeutet brennende Kerzen, Umarmungen und eine aufkeimende Liebschaft. Oder Gemütlichkeit unter Freundinnen, die nach und nach samt ihren Problemen unter dem Sessel landen.

Ich saß am helllichten Vormittag mutterseelenallein da und spielte inmitten von Weihnachtsstress die Weinkennerin. Und das war ein Fehler. Kann mir denn irgendwer verdenken – so teuer, wie meine Weinprobe war –, dass ich nicht nur schnupperte und mit den Weintropfen gurgelte, dass ich sie nicht nur auf meiner Zunge herumrollen und im Mund Purzelbäume schlagen ließ? Sondern dass ich, statt auszuspucken, hinunterschluckte? Das tat ich nämlich. Schluckte hinunter. Schluck für Schluck. Weil es so schrecklich traurig war an diesem verschneiten Morgen, so ganz allein zu sein. Fast zum Heulen.

Ich war, als ich wieder zu mir kam, von meinen Notizen absolut begeistert. Auf dem großen weißen Bogen standen Wörter wie: »Herausfordernd, reich, harmonisch, hart, robust, behaglich, füllig, durchschnittlich, fein, rund, samtweich, volltönend, klein, kurz«. Ist es da noch ein Wunder, dass ich, als ich kurz vor den Abendnachrichten erwachte, auf der Suche nach einem Mitmenschen, auf den all diese Adjektive zutrafen, auf dem Boden herumkroch? Ich konnte keinen finden. Ich fand nur einen Tisch mit halb vollen Weinflaschen und verdreckten Kristallgläsern mit Lippenstiftflecken auf einer fleckigen Damastdecke. Woraufhin ich aufgab. Ich goss alle Weinreste,

teure wie billige, in einen großen Topf. Gab Zimt und Zucker, Kardamom und Pfeffer dazu und machte GLÜHWEIN. Meinen eigenen, über alle Rezepte erhabenen Glühwein. Ich rief alle Freunde an. Und dann gab es heißen Weihnachtspunsch!

Aus dem Norwegischen von Gabriele Haefs

Wenn alles still ist, geschieht am meisten.

Søren Kierkegaard

Henrik Valentin

Rudolph mit der roten Nase

Teil I

11

Legen Sie reichlich Taschentücher bereit, dies ist eine sehr tragische Geschichte. Es geht um einen klaren Fall von Mobbing und nicht artgerechter Tierhaltung.

Die Szenerie ist wie folgt:

In einer Rentierherde hat sich eines der Tiere die Nase erfroren, was in der lappländischen Bergwelt normalerweise nicht vorkommt. Dieser sensible Körperteil ist so empfindlich gegen Kälte geworden, dass er glüht. Die anderen Rentiere mobben ihren Herdenkameraden. Eines ruft: »Hast du deine Nebelleuchte an!«, ein Ren nach dem anderen stimmt mit Kichern und Lachen ein. Rudolph ist zum Sündenbock geworden, dabei ist er doch ein Ren.

Wen schert es, dass seine Verletzung die Suche nach Flechten und Moosen unter einer harten Schneedecke erschwert? Niemanden.

Plötzlich taucht eine andere Gestalt auf, die die Farbe Rot zu lieben scheint. Santa Claus kommt durch die Schneewehen gestapft. Er hat Rudolph durch den Schneeregen hindurch entdeckt und macht ihm ein Jobangebot, das dieses bedauernswerte Rentier, wie man in Gangsterkreisen zu sagen pflegt, nicht ablehnen kann. Santa Claus nutzt Rudolphs prekäre Situation schamlos aus. Ein Gegenüber mit körperlicher Behinderung, das zudem am Arbeitsplatz gemobbt wird, ist in einer schlechten Verhandlungsposition. Von gewerkschaftlicher Unterstützung kann keine Rede sein.

Der Job, den Rudolph angeboten bekommt, besteht einerseits darin, den Schlitten zu ziehen, andererseits soll er als Scheinwerfer fungieren und den Weg beleuchten. Gewiss, es handelt sich um einen zeitlich begrenzten Einsatz und einen Projektvertrag. Aber immerhin.

Das wirft zahlreiche Fragen auf:

– Wer ist der Besitzer der Rentierherde und für die Tierhaltung verantwortlich? Rentiere streunen normalerweise nicht einfach so herum. Müsste Santa Claus sich mit seinem Wunsch nach Schlittenziehhilfe nicht an den rechtmäßigen Besitzer wenden? Handelte es sich hingegen um ein wildes Rentier, müsste man es an die Arbeit des Schlittenziehens gewöhnen, was seine Zeit braucht, und dann käme Santa Claus frühestens an Ostern zum Geschenkeverteilen.

– Warum heißt das Ren ausgerechnet Rudolph? Ist dieser Name in Renkreisen üblich? Wenn Rentiere überhaupt einen Namen haben, lautete der dann nicht eher 0334? Wie Kühe heutzutage heißen, den gelben Ohrschildern nach zu schließen. Es ist lange her, dass Kühe Rosa und Bella und Hannibal

hießen. Und ist Rudolph nicht ein Name, der mit der samischen Kultur sehr wenig zu tun hat?

– Woher wusste Santa Claus, dass das Ren Rudolph hieß? Spricht Santa Claus Renisch? Oder begann er das Gespräch mit der Frage: »Wie heißt du denn, mein kleines Ren?«

– Handelt es sich hier um eine Parallele zu dem Mann, der mit den Pferden sprechen konnte? Wann erscheint das Buch hierzu, das dann verfilmt wird?

Das waren die Fragen zum Aufwärmen. Jetzt kommen wir zu den wirklich ernsten.

Wie kann Santa Claus, von dem behauptet wird, er habe ein Herz für Kinder, ein behindertes Rentier so schamlos ausbeuten? Auch wenn das fragliche Ren aufgrund seiner Erfrierung gemobbt wurde, gibt das dem Weihnachtsmann nicht das Recht, die Situation für seinen privaten und geschäftlichen Profit auszunützen. Gewiss, Rudolph ist seinen mobbenden Kameraden, die man ja kaum als Kameraden bezeichnen kann, entkommen. Aber wird er hinterher zu seiner Herde zurückkehren? Und wie werden seine Plagegeister dann reagieren?

Das Licht lacht
über das Werk
der Finsternis.

Weisheit aus Schweden

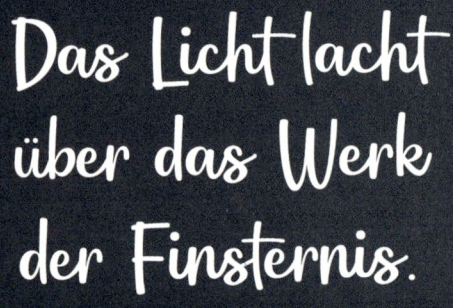

Henrik Valentin

Rudolph mit der roten Nase

Teil II

12

Eine weitere Frage ist, ob Rudolph irgendeine Form von Entlohnung erwarten kann. Bekommt er Überstundengeld in Form von besonders leckeren Moosen und Flechten? Sie müssen zugeben: Je länger man in diesem Brei herumrührt, umso dubioser wird er. An seiner Zubereitung waren offenbar viele Köche beteiligt. Der angeblich so gutmütige Santa Claus erscheint immer mehr als suspekter und zynischer Profiteur. Auch sein »Ho-ho-ho« klingt falsch.

Was nun folgt, mag zudringlich und indiskret sein. Aber wir wissen doch alle, dass Santa Claus deutlich übergewichtig ist. Er ist, um es unverblümt zu sagen, feist. Obwohl er seit Jahren jede Menge Bücher zur Glyx-Diät und ähnliche Schriften verteilt, die angeblich helfen, das Übergewicht der Bevölkerung zu senken, scheint es, als ginge ihn das nichts an. Wie ein Fahrradverkäufer, der nur Auto fährt. Ist so jemand glaubwürdig?

Die Fettleibigkeit des Weihnachtsmanns bedeutet ein Gewicht, das das Zugtier des Schlittens erheblichen Zusatzbelastungen aussetzt. Und wenn das Gespann von einem einzelnen, verletzten Ren gezogen werden muss, kann jeder sich ausrechnen, welche Überlastungsgefahr hier besteht. Das obendrein am Heiligen Abend, wenn alle Haustiere ihre wohlverdiente Ruhe genießen, umsorgt und mit Extraportionen verwöhnt werden. Und Rudolph muss ja nicht nur den feisten Weihnachtsmann ziehen, hinzu kommen die ganzen Weihnachts-

geschenke. Gibt es in der EU keine Tierschutzregeln für die Belastung von Rentieren? Was sagen die Umwelt- und Agrarminister?

Rentiere sind bekanntlich keine sehr großen Tiere, verglichen zum Beispiel mit Ardennenpferden. Und weil es heute nur noch selten Schnee unterm Schlitten gibt, müssen die Kufen über schneefreie Erde, Asphalt, Blechdächer und Rasen vor Einfamilienhäusern gezogen werden.

Diese extreme Belastung führt bei Rudolph unweigerlich zu Bluthochdruck und erhöhtem Puls. Das schadet der verletzten Nasenpartie, der Heilungsvorgang verzögert sich.

Und von alldem wissen die Kinder nichts. Mit glänzenden Augen und großer Selbstverständlichkeit nehmen sie von Santa Claus ihre Handys, Computerspiele, Hockeyausrüstungen und andere Geschenke entgegen und ahnen nicht, dass über ihren kleinen Köpfen manifeste Tierquälerei stattfindet. Die Eltern sollten, anstatt mit Tränen in den Augen ihre Kleinen zu betrachten, lieber den nächsten Tierarzt verständigen.

Dass dieser Tollpatsch von Santa Claus wegen seines Übergewichts selbst ärztliche Hilfe in Anspruch nehmen sollte, ist eine andere Geschichte. Was wäre, wenn er inmitten der lieben Kleinen, zwischen Geschenkpapieren und Goldschnüren einen Herzanfall bekäme? Der Weihnachtsbaum könnte umfallen, die Kerzen alles in Brand setzen. Und Santa Claus läge mit blutunterlaufenen Augen und zuckenden Beinen da, während der verletzte Rudolph unter der Überlastung zusammenbräche.

Der Heilige Abend sollte das Fest der Freude sein und nicht der Tag, an dem das Blaulicht der ausrückenden Krankenwagen den Himmel blau färbt. Wir wollen schließlich unseren Schinken guten Gewissens genießen. Da dürfen wir allerdings nicht an die Schweine denken …

Aus dem Schwedischen von Regine Elsässer

12. Dezember

Das Licht scheint
für andere und nicht
für sich selbst.

Weisheit aus Schweden

Henning Mankell

Der erste Zug nach Borås

Teil I

13

Auf einmal lässt das Gedächtnis nach. Nicht so sehr, dass ich mich bereits dem gefürchteten Abgrund der Senilität nähern würde. Es handelt sich eher um ein Gefühl des Zweifels, ob meine Erinnerungen korrekt sind oder nicht.

Dieser Heiligabend, den ich bei Birgit, der Schwester meiner Mutter, in Göteborg verbrachte – war das im Jahr 1961, als Dag Hammarsköld mit seinem Flugzeug in der Nähe der afrikanischen Stadt Ndola abstürzte? Oder unternahm ich jene Straßenbahnfahrt in den Stadtteil Biskopsgården zwei Jahre später, also 1963, nur einen knappen Monat nachdem Präsident Kennedy in Dallas der Kopf weggeschossen worden war?

Spielt das überhaupt eine Rolle? Ob 1961 oder 1963? Es ist ja ohnehin so lange her. Sicher nicht, wenn man es aus historischer Perspektive betrachtet oder die Ewigkeit als Maßstab nimmt. Aber für einen einzelnen Menschen hier auf Erden ist es eine lange Zeit.

Damals war ich fünfzehn oder siebzehn Jahre alt und befand mich im ersten Akt meines Lebens. Jetzt trete ich bald in den Epilog ein und warte auf den letzten Vorhang.

Zu jener Zeit wohnte ich in Sjömarken außerhalb von Borås. Mein Vater, der Hans-Georg Olofsson hieß, war ein ehemaliger Kapitän, der an Land gegangen war. Er hatte meine Mutter Lydia während einer Weihnachtsfeier in Göteborg kennengelernt – immer diese Heiligabende! –, als der Propeller des Schiffes, das er befehligte, auf der Eriksbergswerft repariert wurde.

An der Wohnzimmerwand des Hauses in Sjömarken hingen Schwarz-Weiß-Fotografien der drei Schiffe, auf denen er Kapitän gewesen war. Alle gehörten der Grängesberg-Reederei, die nicht mehr existiert. Auch ihre Frachter wurden vor langer Zeit verschrottet. Das letzte Schiff, das er befehligte, hieß, wenn ich mich recht erinnere, Aborrträsk. Ein seltsamer Name für einen Frachter. Aber alle Schiffe hatten Namen, die entweder mit A, K oder V begannen. Vielleicht gab es auch noch einen anderen Buchstaben. Die gerahmten Fotos besitze ich nicht mehr. Meine Schwester Lena nahm sie an sich, nachdem erst mein Vater und dann meine Mutter gestorben waren. Vermutlich wollte ich sie gar nicht haben.

Aber Hans-Georg redete immer von dem Eisenerz, das aus den schwedischen Gruben geholt und in die Welt transportiert wurde. Er erzählte von einem Schwesterschiff, dessen Fracht bei einem schweren Unwetter in Bewegung geriet. Es befand sich vor Bergen auf dem Weg von Narvik nach Middlesborough. Mitten in der Nacht. Das Schiff ging unter mit Mann und Maus – in weniger als einer Minute. Niemand weiß, was eigentlich geschah. Kein Notruf wurde gesendet. Der Frachter kippte zur Seite und sank wie ein Stein.

Aber ich hege den Verdacht, dass Hans-Georg nicht nur meiner Mutter wegen endgültig an Land ging. Ich glaube,

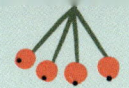

Hans-Georg fürchtete sich. Vor der Fracht, die sich plötzlich in Bewegung setzen und ihn und das Schiff in die Tiefe reißen konnte.

Hans-Georg war ein Mann, der wie alle anderen sterben musste. Aber der Tod durch Ertrinken flößte ihm die allergrößte Angst ein.

Meine Mutter Lydia arbeitete als Schulkrankenschwester. Meine frühesten Erinnerungen stammen aus einer kleinen Wohnung in Norrby in Borås. Damals hatten meine Eltern noch nicht das neugebaute Haus in Sjömarken gekauft, einstöckig mit einem Aufenthaltsraum im Keller, der die Bodega genannt wurde. Zu jener Zeit war es üblich, die Wände solcher Räume mit Fischernetzen und Schwimmern zu behängen. Wir hatten keine Netze im Keller. Die Wände wurden mit seltsamen Souvenirs dekoriert, die Hans-Georg nach Hause brachte.

Damals hatte er als Abteilungsleiter bei einer Behörde angefangen. Wie die hieß, habe ich mir nie merken können. Wenn ich mich nicht irre, war das eine Zeit, in der Schweden viele neue Vorgesetzte brauchte. Die Verwaltung wuchs, die Bürokratie in den Gemeinden explodierte, und aus ehemaligen Kapitänen konnten ausgezeichnete Vorgesetzte werden. Genau wie heute, wenn ausgediente Militärs Schulrektoren werden.

Weihnachten wurde in unserer Familie eher geruhsam gefeiert. Wenn nicht gar langweilig, denke ich heute manchmal. Aber ich war auch ganz dankbar dafür, dass es bei uns nicht zu irgendwelchen dramatischen Zwischenfällen kam. Hinter den vorgezogenen Gardinen in den Einfamilienhäusern und Mietskasernen wurde viel getrunken. Einige meiner Klassenkameraden sahen den weihnachtlichen Auseinandersetzungen und der Trinkerei mit Unbehagen entgegen. Meine Schwester Lena und ich hingegen nicht. Wenn es etwas zu bemängeln gab, dann nur die Langeweile.

Mutters Schwester Birgit war Witwe und wohnte in Biskopsgården. Wir besuchten sie ab und zu. Sie verbrachte ihre Tage damit, ihres verstorbenen Mannes zu gedenken, der Buchhalter gewesen war. Die beiden hatten keine Kinder.
Am Tag vor Heiligabend im Jahr 1961 oder 1963 fragte mich Lydia, ob ich am nächsten Tag mit dem Zug nach Göteborg fahren könne, um das Weihnachtsgeschenk bei Birgit abzugeben. Jedes Jahr boten wir ihr an, mit uns zu feiern, und jedes Jahr lehnte sie ab.

Ich willigte ein und stieg am Heiligabend gegen elf Uhr in den Zug. Am Bahnhof hatte ich mir noch den Fahrplan angeschaut und herausgefunden, dass gegen vier Uhr nachmittags ein Zug von Göteborg zurück nach Borås ging.

13. Dezember

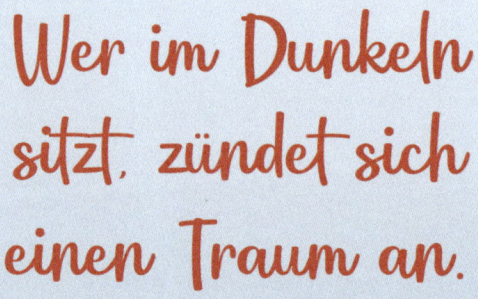

Wer im Dunkeln
sitzt, zündet sich
einen Traum an.

Nelly Sachs

Henning Mankell

Der erste Zug nach Borås

Teil II

Als der Zug in Rävlanda hielt, sah ich einen meiner Klassenkameraden auf dem Bahnsteig Banjo spielen. Ich glaube, er war recht einsam. Wenn ich mich recht entsinne, spielte er *In my solitude*. Falls das auf einem viersaitigen Banjo überhaupt möglich ist.

Ich habe entschieden, dass dieses Lied auf meinem Begräbnis gespielt werden soll. Am liebsten würde ich natürlich gar nicht sterben. Ein heimlicher Traum, den wohl die meisten Menschen hegen.

Als ich in Göteborg eintraf, fielen vereinzelte Schneeflocken, was aber keinem der vorbeihastenden Passanten vor dem Bahnhofsgebäude aufzufallen schien. Sie hatten es einfach nur eilig. Ich setzte mich in die Straßenbahn nach Biskopsgården. Jemand hatte die Spitze eines Regenschirms in einen Sitz gerammt, daran erinnere ich mich bis heute. Ich überlegte, wozu. Wie kann man nur seine Wut an einem Sitz in der Straßenbahn auslassen?

Birgits Mietshaus lag in der Nähe einer Haltestelle. Ich nahm die Treppe ins oberste Stockwerk. Durch die Wohnungstüren drangen der Duft von traditionellem Weihnachtsessen und Geräusche von Radiogeräten oder Fernsehern.

Birgit trug immer Schwarz. Die Trauer um ihren verstorbenen Mann Sture muss aufrichtig gewesen sein. Ich war bei seinem Tod fünf Jahre alt und erinnere mich an ihn nur als verschwommene Gestalt im Hintergrund.

Mit einem wehmütigen Lächeln öffnete Birgit die Tür. Meine Mutter hatte ihr am Telefon mitgeteilt, ich sei unterwegs.

In ihrer Wohnung roch es immer nach Katzen. Obwohl sie keine hatte. Ich habe nie herausgefunden, warum. Birgit ist nun schon seit vielen Jahren tot.

In der Diele stand ein kleiner Weihnachtsbaum. Die Spitze zierte nicht ein Stern, sondern eine Fotografie von Sture.

Wir gingen in die Küche und setzten uns. Sie bot mir Pfefferkuchen und Limonade an. Ich überreichte ihr das Geschenk, aber sie öffnete es nicht. Ich nahm an, dass ich mindestens eine Stunde bleiben sollte. Andernfalls fand mich meine Mutter sicher unhöflich.

Birgit hatte immer an der Kasse des Konserthuset gearbeitet. Nach Stures Tod wurde sie krankgeschrieben und kehrte nie wieder an ihren Arbeitsplatz zurück. Jetzt widmete sie sich voll und ganz ihrer Trauer.

Ich trank Limonade und sie Tee.
»Es schneit«, sagte ich.
»Es regnet«, antwortete sie.

14. Dezember

»Als ich aus dem Zug gestiegen bin, hat es geschneit«, sagte ich.

»Aber jetzt regnet es«, antwortete sie.

Nach einer Stunde schob ich die leere Limoflasche beiseite. Für die Fahrt zum Bahnhof und zum Zug nach Borås blieb mir noch genügend Zeit.

Wir trennten uns im Flur. Ich mochte Birgit sehr. Vielleicht, weil sie nicht so viel redete wie meine Mutter. Oder vielleicht vor allem, weil sie es mit ihrer Trauer ernst meinte. Sie lehrte mich einiges darüber, was es heißt, ein Mensch zu sein.

Aber daran dachte ich damals nicht. Dieser Gedanke kam mir erst viel später, als mir allmählich aufging, worauf das Leben eigentlich hinausläuft.

Als ich den Bahnhof erreichte und den Fahrplan nochmals studierte, stellte ich fest, dass es keinen Zug nach Borås gab. Ich hatte mich getäuscht. Der Zug, den ich nehmen wollte, ging nur an Werktagen.

An diesem Tag fuhr überhaupt kein Zug mehr nach Borås.

Ich setzte mich auf eine der braunen Bänke im Wartesaal und versuchte nachzudenken. Trampen war undenkbar, denn es regnete. Niemand würde an Heiligabend einen durchnäss-ten Anhalter mitnehmen. Ich rief zu Hause in Borås an. Die achte Telefonzelle, in der ich es versuchte, funktionierte. Rückblickend kommt es mir so vor, als hätte ich einen großen Teil meiner Jugend mit der Suche nach intakten Telefonzellen verbracht.

Hans-Georg hob ab. Ich erzählte ihm von meiner Notlage. Er überlegte ein Weilchen.

»Du musst auf Birgits Sofa übernachten«, sagte er schließlich. »Das ist natürlich schade. Aber ich kann dich nicht abholen, weil ich ein paar Gläser Wein getrunken habe.«

»Und Mama?«

»Du weißt doch, dass sie ganz durcheinander ist, wenn sie im Dunkeln Auto fahren muss.«

»Kannst du Birgit Bescheid geben, dass ich komme?«

Hans-Georg versprach mir, sie anzurufen. Danach blieb ich noch einen Moment am Bahnhof sitzen. Straßenbahnen fuhren ja noch genug.

14. Dezember

Weihnachten ist keine Jahreszeit, es ist ein Gefühl.

Edna Ferber

Henning Mankell

Der erste Zug nach Borås

Teil III

15

Ich kann mich noch erinnern, dass ich mich plötzlich fragte, wie alt ich wohl werden würde. Woher diese Frage kam, weiß ich nicht. Und ich weiß auch nicht, ob ich eine Antwort fand. Aber einen Augenblick lang verwandelte sich der Warteraum des Göteborger Hauptbahnhofs in eine Kathedrale, in der man schwere existenzielle Fragen stellen konnte.

Ich fuhr nach Biskopsgården zurück. Inzwischen waren die Straßen sehr leer.

Die Geschäfte waren geschlossen. In der Straßenbahn saßen nur vereinzelte Passagiere.

Ich ging die Treppe hinauf. Aus einigen Wohnungen drang nun ziemlicher Lärm. Hinter einer Tür sang Siw Malmkvist, hinter einer anderen war ein Lied zu hören, zu dem man um den Weihnachtsbaum tanzt.

Aber im obersten Stockwerk herrschte Stille. Ich wollte gerade an der Tür klingeln, als ich ein seltsames Geräusch hörte. Es dauerte eine Weile, bis mir aufging, dass es aus Birgits Wohnung kam.

Zuerst legte ich ein Ohr an die Tür. Dann öffnete ich behutsam den Briefschlitz.

Da erst begriff ich, dass Birgit in ihrer Wohnung saß und weinte. Ich hielt den Atem an. Der Gedanke, dass ich noch vor Kurzem dort drinnen gesessen hatte, war irgendwie erschreckend. Und jetzt war sie ganz allein und weinte.

Sie dachte an ihren Weihnachtsstern. An das Foto von Sture, der so plötzlich gestorben war.

Ich wusste nicht, was ich tun sollte. Hans-Georg hatte sie bestimmt angerufen. Aber sie war wohl davon ausgegangen, dass ich mir mit dem Rückweg Zeit lassen würde.

Ich blieb im Treppenhaus stehen. Das Licht erlosch. Die Dunkelheit war kalt. Ab und zu verstummte das Weinen da drinnen. Aber dann begann es von Neuem.

Mit dem Finger ertastete ich den Klingelknopf. Aber ich drückte nicht. Ein Weilchen blieb ich im Dunkeln auf dem obersten Treppenabsatz sitzen. Dann machte ich Licht und ging wieder hinunter. Ich wusste nicht, wohin an diesem Heiligabend. Aber ich konnte keinesfalls Birgit bei ihrer Feier stören.

Im Erdgeschoss stand die Tür, die zu den Kellerabteilen hinunterführte, einen Spalt weit offen. In einem leeren Abteil ohne Vorhängeschloss lag ein Teppich, den ich auf dem Boden ausbreitete. Dann legte ich mich darauf und rollte mich zusammen. Weil es so kalt war, schlief ich in jener Nacht nur wenige Minuten.

15. Dezember

Es war noch dunkel, als ich den Keller wieder verließ und mich auf den Weg zum Hauptbahnhof machte. Nachdem ich lange gegangen war, sah ich plötzlich ein freies Taxi vor mir auf der Straße. Ich winkte es herbei, in meiner Tasche lagen zwanzig Kronen.

Der Chauffeur war ein älterer Mann, der mich mit zweifelndem Blick betrachtete.

»Wo willst du hin?«, fragte er.
»Zum Bahnhof«, antwortete ich.
»Um diese Zeit am ersten Weihnachtstag?«
»Ich muss zum Frühzug nach Borås.«
Er sann ein Weilchen über meine Worte nach.
»Hast du Geld?«, fragte er schließlich.
»Zwanzig Kronen.«

Er bedeutete mir einzusteigen. Wir fuhren durch die öde Stadt, über den Fluss und hielten vor dem Bahnhof. Ich bezahlte und ging in den kalten Morgen hinaus. Der Regen hatte sich wieder in spärlichen, leisen Schneefall verwandelt.

Der Bahnhof war geöffnet. Ich musste fast drei Stunden warten, bis der Zug nach Borås auf dem Gleis einfuhr.

Das ist nun fünfzig Weihnachten her. Tatsache ist aber, dass der einzige Heiligabend meines Lebens, an den ich mich wirklich erinnere, der ist, den ich auf dem Boden eines Kellerabteils

in Biskopsgården verbrachte. Alle anderen verschwinden in einem rötlichen Nebel.

Weder meinen Eltern noch meiner Schwester habe ich je davon erzählt, was geschah, als ich Birgit besuchte. Ich glaube auch nicht, dass sie jemals erzählte, dass ich an jenem Abend nicht noch einmal zu ihr zurückgekommen war.

Aber jedes Mal, wenn ich einen Weihnachtsbaum mit einem Stern an der Spitze sehe, denke ich an das Bild von Sture und an Birgit, die dasaß und weinte.

Gleichzeitig denke ich, dass sich Birgit ganz klar für ihre Art der Feier entschieden hatte.

Ein Mensch, der die Spitze eines Weihnachtsbaumes mit einem Foto statt einem Stern schmückt, trägt eine seltsame Überzeugung in sich, der wir allen Respekt schulden.

Diesen Respekt zolle ich ihr immer noch, obwohl sie schon lange nicht mehr unter uns weilt. Und auch ich werde allmählich alt. Während mein Gedächtnis langsam nachlässt …

Aus dem Schwedischen von Lotta Rüegger

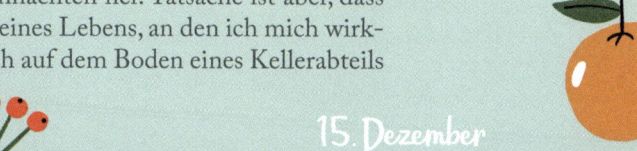

15. Dezember

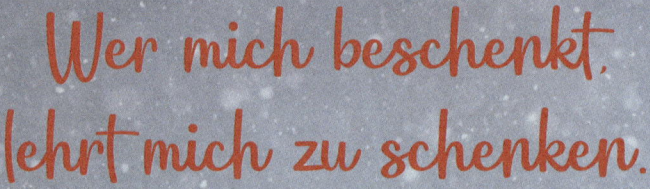

Wer mich beschenkt,
lehrt mich zu schenken.

Weisheit aus Dänemark

Unbekannt

Der Wichtel und die Lederhosen

16

16. Dezember

Auf einem Hof in Østfold hatten sie einen Wichtel, mit dem sie äußerst zufrieden waren. Er hütete die Tiere aufs Beste, vor allem die Pferde versorgte er vorzüglich. Wenn der Bauer nach getaner Arbeit nach Hause kam, musste er sich nie um die Pferde kümmern – das erledigte der Wichtel. Er nahm ihnen das Zaumzeug ab, brachte sie in den Stall, striegelte sie und gab ihnen Futter und Wasser.

Der Bauer und seine Frau schätzten den freundlichen Wichtel selbstverständlich sehr und achteten deshalb darauf, ihm ihre Wertschätzung zu zeigen. An Festtagen stellten sie ihm immer die feinste Rahmgrütze in die Scheune, und Heiligabend gab die Bäuerin einen extragroßen Butterklecks in die Breischale, sodass die Weihnachtsgrütze richtig gut und fett wurde.

An einem Weihnachtsfest kamen der Bauer und seine Frau auf die Idee, sich etwas Besonderes für den Wichtel auszudenken, weil er so tüchtig und hilfsbereit war. Deshalb nähten sie ein Paar feine Lederhosen in seiner Größe. Als die Bauersfrau Heiligabend die Rahmgrütze für den Wichtel hinausstellte, legte sie die Hosen neben die Breischale.

Am Weihnachtsmorgen herrschte ein fürchterliches Wetter mit Schneeregen und Wind. Trotzdem fuhren die Bauersleute zur Weihnachtsmesse, wie es Brauch war. Als sie wohlbehalten zurückgekehrt waren, spannten sie die Pferde auf dem Hofplatz aus und beeilten sich, ins Haus zu kommen – denn sie rechneten ja damit, dass der Wichtel den Rest erledigen würde.

Später am Tag hatte der Bauer draußen zu tun, und da sah er zu seinem Schrecken, dass die Pferde immer noch auf dem Hofplatz standen, durchnässt und kalt. Er beeilte sich, sie in den Stall zu bringen, das Zaumzeug abzunehmen, ihnen Futter und Wasser zu geben und sie mit einem Heubündel warm und trocken zu reiben. Nachdem dies erledigt war, stieg er zu dem Wichtel auf den Heuboden. Er war wütend und schimpfte und fluchte, weil der Wichtel seine Arbeit nicht getan hatte.

»Aber ich konnte doch nicht hinausgehen«, verteidigte sich der Wichtel. »Es war so scheußliches Wetter, und ich wollte nicht, dass die feinen neuen Lederhosen nass werden!«

Aus dem Norwegischen von Kerstin Reimers

 16. Dezember

Glücklich ist, wer sich
nicht darüber sorgt, was ihm fehlt,
sondern sich darüber freut,
was er hat.

Weisheit aus Norwegen

Arto Paasilinna

Unterwegs als Weihnachtsmann

Teil I

17

Wer ist der international bekannteste Finne? Zu dieser Jahreszeit ist die Antwort klar. Es ist nicht Väinämöinen, nicht Sibelius und auch nicht Mannerheim. Es ist der Weihnachtsmann.

Manchmal wird der finnische Ursprung des Weihnachtsmannes infrage gestellt. Es wird behauptet, der Weihnachtsmann sei Schwede, und manche halten ihn für einen Isländer, wenn nicht gar für einen Grönländer. Sogar im fernen Japan sind einheimische Weihnachtsmänner gesehen worden, aber wir können uns sicherlich darauf einigen, dass der Weihnachtsmann aus Finnland stammt und die anderen, als Weihnachtsmann verkleidet, ihn nur nachahmen.

Die Frage ist genauso unmöglich wie der Gedanke, Lenin oder Stalin wären vielleicht keine Russen gewesen. Na ja, Stalin war ja Georgier, und Lenin stammte wohl aus dem fernen Simbirsk, aber zu ihren Lebzeiten hat niemand ihren bewegenden Patriotismus infrage gestellt. Ideologisch sind Lenin, Stalin und der Weihnachtsmann insofern Drillinge, als alle drei für die Güterverteilung ohne Entschädigung eintreten, der Weihnachtsmann jedoch sogar an die Reichen Geschenke verteilt und an sie eigentlich sogar mehr als an die Armen. Bei den Methoden gibt es freilich gravierende Unterschiede. Die rote Farbe haben alle drei gemein, freilich mit dem Unterschied, dass in der Sowjetunion die roten Fahnen flatterten

und in Finnland zur Winterszeit die roten Zipfelmützen des Weihnachtsmannes und der Weihnachtswichtel. Lenin und Stalin sind tot, aber der Weihnachtsmann lebt.

Ich selbst habe im Lauf meines Lebens mehrmals den Weihnachtsmann gemimt, zuletzt vor zwei Tagen bei einer Betriebsweihnachtsfeier im Café Bemböle in Espoo. Das Gebäude ist eine Poststation aus dem 18. Jahrhundert, die aus einem unerklärlichen Grund der Abrisswut der Bauunternehmer entgangen ist und immer noch ein Café beherbergt. Zusammen mit einem Freund wurde ich also zur Weihnachtsfeier eines kleinen Unternehmens als Weihnachtsmann gebeten. Als Geschenke hatte man Romane von mir gekauft, in die ich dann den Namen eines jeden Empfängers schrieb. Wir aßen Schinken und sangen Weihnachtslieder, und die Stimmung war genauso rührend, wie sie nur zur Weihnachtszeit in einer alten Poststation sein kann. Im Verlauf des Abends wurden wir so ausgelassen, dass wir auch einige Weihnachtslieder der Sternensinger grölten. Das ist eine uralte Tradition aus Oulu, wo die Schuljungen von Haus zu Haus gehen, die Legende vom Jesuskind darstellen und in der Jackentasche die notwendigen Geldmittel sammeln. Ich war Herodes.

Das finnische Ministerium für Handel und Industrie hat sich selbst übertroffen, indem es seinen offiziellen Standpunkt zum Weihnachtsmann publizierte. Ein Beamter, oder vielleicht sogar eine ganze Gruppe von Beamten, hat sich an die Arbeit von Literaten und Geschichtsforschern gemacht, sich in die Welt der Mythologien und Märchen vertieft, und das Ergebnis ist ein prächtiges Buch mit dem Titel *Abc-Buch des Weihnachtsmannes*, das etwas prosaisch in der Mappe *Untersuchungen und Berichte* der Publikationsreihe des Ministeriums für Handel und Industrie unter der Nummer 19/1998 registriert ist.

Du verlierst nichts,
wenn du mit deiner Kerze
die eines anderen anzündest.

Weisheit aus Dänemark

Arto Paasilinna

Unterwegs als Weihnachtsmann

Teil II

Als Schriftsteller mag man gegenüber solchen Abc-Büchern, die als Beamtenarbeit entstanden sind, Vorbehalte hegen, zumal wenn sie eine so fiktive Gestalt wie den Weihnachtsmann zum Thema haben. Man fragt sich, ob dort im Ministerium wohl der richtige Sachverstand für diese eher geistigen Gebiete vorhanden ist und ob sich dort genügend von der Sensibilität findet, die das Thema erfordert.

Als ich aber das erwähnte Abc-Buch las, konnte ich nur dankbar feststellen, dass es im Ministerium ausreichend literarische Begabung gibt. Ich kann mir ausmalen, wie der oder die gewissenhafte Beamtin genau zur festgesetzten Uhrzeit am Arbeitsplatz erschien, die Straßenkleider ablegte, sie sorgfältig auf den Bügel hängte, einen Blick auf die reinliche Atmosphäre des Arbeitszimmers warf und sich dann vor den Bildschirm des Computers setzte. Sodann rieb er oder sie sich die Hände und tippte den Text ein: »Der Weihnachtsmann ist ein Märchenwesen, von dem es keine eindeutige Definition gibt, dagegen eine ganze Reihe verschiedener Geschichten und Auffassungen …«

Seinen Namen hat dieser Staatsschriftsteller – welch falsche Bescheidenheit! – nicht unter sein Werk gesetzt, vielmehr hält er fest: »Die Untersuchung wurde unter Leitung der Verwaltungseinheit des Ministeriums erstellt, die für den EU-Binnenmarkt verantwortlich ist.«

Jetzt hat also der Weihnachtsmann die Billigung der finnischen Staatsmacht und nebenbei auch die der Europäischen Union gefunden, und was das Beste ist: Das Ganze erfolgte auf offizieller, professioneller Ebene. Ich sage das ohne den leisesten Neid, hatte man das doch längst erwartet und erhofft.

Ich selbst bin in meiner Jugend in den 1960er-Jahren auf stümperhaftem Laienniveau in Rovaniemi als kommerzieller Weihnachtsmann tätig gewesen. Dieses traurige Ereignis fiel mir wieder ein, als ein Rundfunkredakteur aus Lappland mich anrief und nach einer frappierenden Geschichte für sein Weihnachtsprogramm fragte.

Hier kann ich dieselbe Story erzählen. Ich war zu jener Zeit Schüler an der Volkshochschule Lappland, einem Internat. Die anderen Schüler reisten zum Weihnachtsfest in ihre Heimatdörfer, ich aber blieb in der verödeten Lehranstalt, um die Aufgaben eines Weihnachtsmannes wahrzunehmen. Ich hatte eine Anzeige in die Zeitung gesetzt, dass ein garantiert abstinenter Weihnachtsmann, noch dazu in echter Lapplandtracht, am Heiligen Abend für Familienbesuche zu engagieren sei.

Die Anzeige war teuer, aber trotzdem kamen nur drei Aufträge. Die erledigte ich dann am Heiligen Abend: In dem einen Haus traf ich auf verwöhnte, brüllende Gören, denen ich glücklicherweise unverletzt entkam, im zweiten wurde ich ge-

zwungen, Fusel zu trinken, im dritten bekam ich einen ver-
schrumpelten Apfel zum Lohn. Die vierte Adresse stibitzte
ich in meiner Verbitterung einem Kollegen, der mir betrunken
entgegenkam und die Adresse, nach der er mich fragte, nie und
nimmer gefunden hätte.

Ohne Geld und hungrig irrte ich durch die Korridore der
leeren Schule und wartete darauf, dass die Köchin aus dem Ur-
laub zurückkehrte und es ordentliches Essen gäbe. Die Weih-
nachtsmannmaske zerriss ich in Stücke und spülte sie in der
Toilette herunter.

Aus dem Finnischen von Angela Plöger

18. Dezember

Liebeläutend zieht
durch Kerzenhelle, mild,
wie Wälderduft,
die Weihnachtszeit.

Joachim Ringelnatz

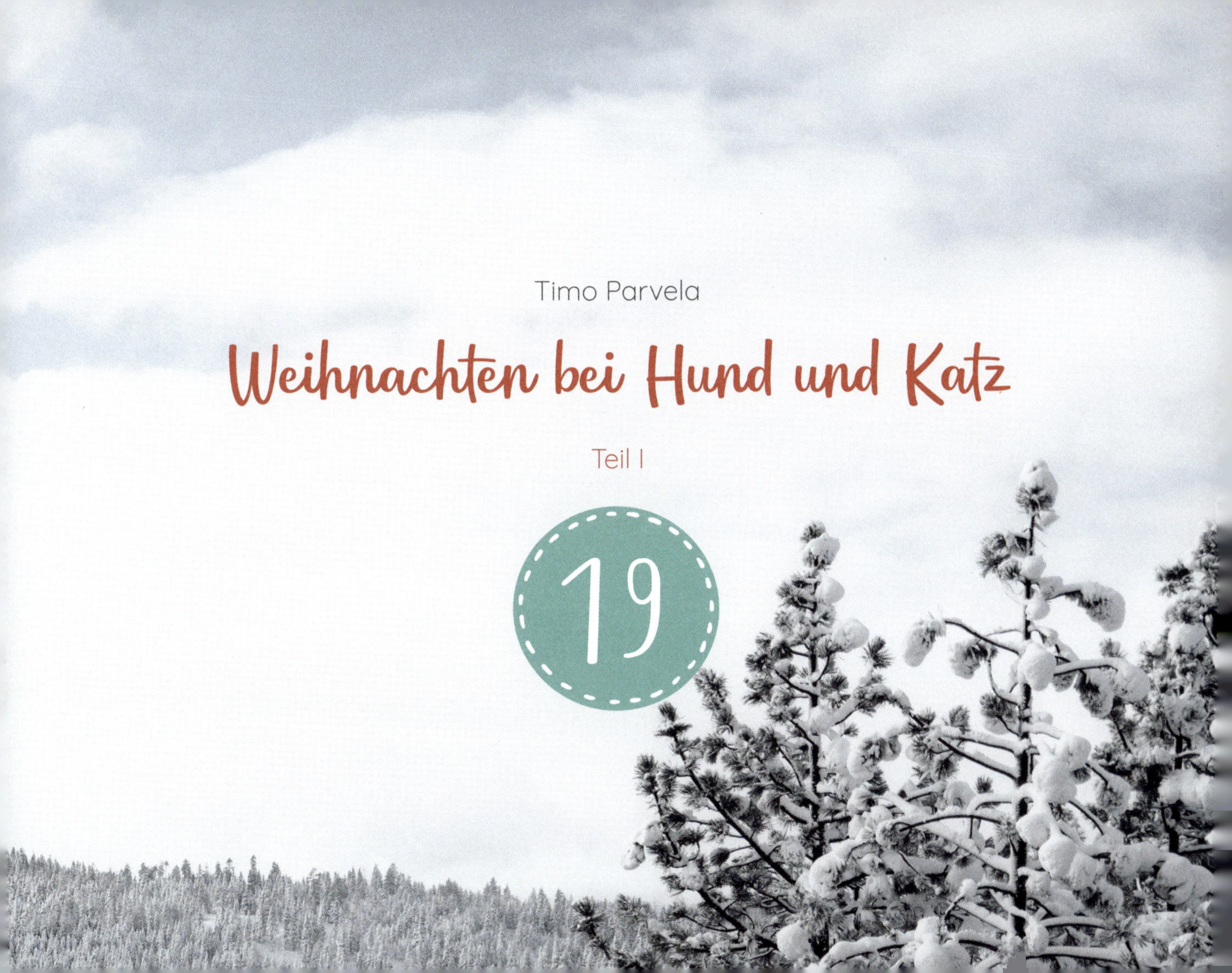

Timo Parvela

Weihnachten bei Hund und Katz

Teil I

19

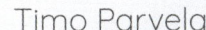

An Heiligabend morgens trug Wuff den Weihnachtsbaum ins Haus. Der Baum war schön gewachsen und roch sehr gut. Maunz und Wuff hatten ihn schon im Herbst im Wald ausgesucht, und Wuff hatte ihn vor ein paar Tagen auf den Hof geholt. Nachdem sie den Weihnachtsbaum in den Ständer geschraubt hatten, begann Maunz ihn zu schmücken. Sie hatte die Strohsterne und die roten Kugeln schon am Vorabend vom Speicher geholt, die abgerissenen Bändchen repariert und alles schön ordentlich bereitgelegt. Sie nahm das Schmücken des Baums sehr ernst. Nichts wurde ohne sorgfältiges Bedenken und Abwägen an die Zweige gehängt. Zwischendurch nahm Maunz immer wieder ein paar Schritte Abstand und musterte den Baum mit geneigtem Kopf. Dann ging sie zurück zum Baum und verschob eine Kugel oder einen Strohstern um vielleicht ein, zwei Zentimeter. Sie polierte jede Kugel, die sie aufhängte, und bog die geknickten Zacken der Strohsterne gerade.

Wuff schaute leicht belustigt zu, sagte aber nichts, denn er respektierte Maunz' andächtiges Tun. Und wie hätte er auch etwas sagen können: Er selbst kochte den Reisbrei ja genauso andächtig, wie Maunz den Baum schmückte. Er maß Reis und Milch ab, ließ beides zusammen langsam aufkochen, rührte dabei ständig um und schmeckte ab.

Nachdem sie den Weihnachtsbrei gegessen hatten, begann ein langer und ruhiger Nachmittag. Wuff saß beim Kamin und schaute ins Feuer, Maunz löste Kreuzworträtsel. Das Feuer knackte, die Uhr tickte, und es roch nach Weihnachten.

Als Festessen gab es Rübchen- und Kartoffelauflauf, Rote-Bete-Salat, Piroggen, geräucherten Fisch und gegrillte Knochen. Maunz rührte die Knochen natürlich nicht an, aber Wuff schmeckten sie dafür umso besser. Maunz und Wuff sagten einander Nettigkeiten und vermieden alle Themen, über die sie sich hätten streiten können. In der guten Stube des Hundes und der Katze herrschte tiefer Weihnachtsfrieden.

Nachdem sie sich satt gegessen hatten, räumten die beiden den Tisch ab und holten das Dominospiel hervor. Sie spielten eine Runde, die Wuff leicht gewann. Und danach noch eine zweite. Spätestens da wäre Maunz normalerweise wütend geworden, aber heute saß sie still und lächelte seltsam gespannt.

»Alles in Ordnung?«, fragte Wuff mit einem liebevollen Lächeln.

»Ja«, antwortete Maunz.

»Wollen wir noch eine Runde spielen?«

»Ich glaube, dazu bin ich ein bisschen zu aufgeregt«, sagte Maunz.

Also räumte Wuff das Dominospiel weg und ging nach dem Kaminfeuer sehen.

Maunz wälzte sich ungeduldig auf der Sitzbank.

»Ist es nicht schon Zeit?«, fragte sie schließlich.

»Wie – Zeit? Schlafenszeit?«, fragte Wuff und sah verwundert auf die Uhr.

Es war erst sechs.

»Du weißt schon. Siehst du nicht, dass ich vor Spannung bald platze?«

»Das sehe ich, aber ich weiß nicht, wovon du sprichst. Wofür soll jetzt Zeit sein?«

»Für die Geschenke! Jetzt ist es Zeit für meine Geschenke.« Maunz' Schnurrbarthaare zitterten vor Aufregung. Ihre Augen leuchteten im Dunkeln, und ihre Schwanzspitze malte Kreise in die Luft.

Wuff schaute die Katze mit schräg geneigtem Kopf an. Und je länger er sie anschaute, desto besorgter sah er selber aus.

»Aber … wir hatten doch ausgemacht, dass wir uns dieses Jahr keine Geschenke kaufen. Dass wir nur den schönen Weihnachtsfrieden genießen und das gute Essen. – Und das haben wir gemacht.«

»Willst du damit etwa sagen, dass … Du meinst doch nicht im Ernst …« Maunz konnte den Satz nicht zu Ende sprechen, so bestürzt war sie, als ihr die Wahrheit aufging.

»So war es ausgemacht: keine Geschenke.«

»Nicht mal eine klitzekleine Überraschung? So eine, wie sie alle kaufen, wenn sie verabredet haben, dass sie sich nichts schenken?«

»Nein. Ich hab überhaupt kein Geschenk gekauft. Nicht für dich und nicht für mich.«

Schenken heißt,
einem anderen das geben,
was man selber behalten möchte.

Selma Lagerlöf

»Das kann nicht dein Ernst sein. Du machst Witze. Hör sofort auf damit und gib mir meine Geschenke, oder ich platze!«, jaulte Maunz.

»Ich hab mich nur an unsere Abmachung gehalten. Du hast mir ja auch keine Geschenke gekauft.«

»Aber das ist ganz was anderes. Du hast ja auch nicht erwartet, dass du was geschenkt bekommst. Aber mich müsstest du besser kennen! Dass wir abmachen, keine Geschenke zu kaufen, bedeutet in meinem Fall, dass du mir natürlich nicht unheimlich viele Geschenke kaufen musst. Aber du hast doch bestimmt wenigstens irgendetwas gekauft? Was ganz Klitzekleines? Oder vielleicht hast du meine Geschenke nur versteckt und sie dann vergessen? So was kann vorkommen. Das wäre vollkommen verständlich«, sagte Maunz, und ihre Stimme hörte sich dabei so zerbrechlich und verstört an, dass Wuff ganz traurig wurde. Jetzt ärgerte er sich, dass er nicht wenigstens ein klitzekleines Geschenk gekauft hatte. Aber was sollte er machen? Er zuckte die Achseln und ging sich wieder um das Kaminfeuer kümmern.

Maunz war untröstlich. Sie saß klein und traurig auf der Sitzbank und konnte gar nichts mehr sagen. Eine Weile verging, und dann noch eine. Über der Weihnachtsstimmung im Haus lag jetzt stumme Trauer. Oder nein: Es war, als hätte jemand die Haustür geöffnet und die ganze schöne Stimmung entwischen lassen. Dieser Jemand war natürlich Wuff. Und obwohl Wuff wusste, dass er nichts falsch gemacht hatte, fühlte er sich ganz schlecht. Maunz wälzte sich in Selbstmitleid und fühlte sich einsam und verlassen.

Doch dann riss Maunz sich zusammen. Sie stand auf und ging in der Reisetruhe wühlen, in der sie all ihre wichtigen Sachen aufbewahrte. Als sie eine Weile gewühlt hatte, kehrte sie mit ihrem Fernglas, einem alten Malefiz-Spiel, einem halb ausgemalten Malbuch und einem Puzzle zurück. All das legte sie behutsam auf den Tisch.

»Frohe Weihnachten, Maunz!«, wünschte sie sich selbst.

»Oh, ist das alles für mich? So viele Geschenke?«, wunderte sie sich.

»So ein Puzzle hab ich mir schon immer gewünscht, und dieses Fernglas ist wirklich wunderschön«, fuhr sie fort.

Wuff sah Maunz nicht lange zu, dann ging er nach draußen auf den Hof. Bald darauf kam er mit seinem alten Schlitten, seinem Lieblingsmesser und einer Schneeschaufel zurück. All das legte er unter den Weihnachtsbaum.

»Frohe Weihnachten, Wuff!«, wünschte er sich selbst.

»Oh, ist das alles für mich? Das hätte ich nicht erwartet«, wunderte er sich.

»Und was für ein besonders schöner Schlitten!«, fuhr er fort.

Dann schauten Maunz und Wuff einander an und mussten ein wenig lachen. Und schließlich lachten sie so laut, dass die Weihnachtsstimmung erst vorsichtig durch den Türspalt hereinlugte und dann fix auf ihren angestammten Platz zurückkehrte. Das war genau da, als Maunz und Wuff sich umarmten.

»Weißt du was, du bekommst mein Fernglas als Weihnachtsgeschenk«, sagte Maunz und hängte es Wuff um den Hals.

Wuff wurde vor Rührung ganz still. Insgeheim hatte er Maunz' Fernglas schon immer bewundert. Er fand es wunderschön.

»Du kannst es besser gebrauchen als ich«, sagte Maunz.
»Und du bekommst meinen Schlitten«, sagte Wuff.
»Das ist doch nicht nötig«, sagte Maunz.
»Du bekommst ihn trotzdem«, sagte Wuff.

Da konnte Maunz ihre Freude nicht länger verbergen, denn insgeheim, in ihren geheimsten Gedanken, hatte sie sich einen Schlitten zu Weihnachten gewünscht, genau so einen wie der von Wuff.

Aber am meisten freuten sich beide darüber, dass sie einander etwas schenkten, das ihnen selbst wichtig war.

»Ich meinte natürlich, dass du das Fernglas fast allein für dich bekommst«, stellte Maunz nun noch schnell richtig.

Aus dem Finnischen von Anu und Nina Stohner

20. Dezember

Fürchte dich weniger, hoffe mehr;

iss weniger, kaue mehr;

jammere weniger, atme mehr;

rede weniger, sag mehr;

hasse weniger, liebe mehr;

und alle guten Dinge werden dein sein.

Weisheit aus Schweden

Hans Christian Andersen

Die Schneekönigin

Erste Geschichte,
die von dem Spiegel und den Scherben handelt

So, nun beginnen wir. Am Ende der Geschichte werden wir mehr wissen als jetzt, denn sie handelt von einem bösen Troll. Es war einer der allerschlimmsten, es war »der Teufel«. Eines Tages war er so recht guter Laune; denn er hatte einen Spiegel gemacht, der die Eigenschaft besaß, dass alles Gute und Schöne, das sich darin spiegelte, zu fast nichts zusammenschwand; aber was nichts taugte und sich schlecht ausnahm, das trat umso deutlicher hervor und wurde noch ärger. Die schönsten Landschaften sahen darin aus wie gekochter Spinat, und die besten Menschen wirkten abstoßend oder standen auf dem Kopf. Die Gesichter wurden so verzerrt, dass sie nicht zu erkennen waren, und hatte man eine Sommersprosse, dann konnte man sicher sein, dass sie sich über Nase und Mund ausbreitete. Das sei äußerst lustig, sagte der Teufel. Ging nun ein guter, frommer Gedanke durch einen Menschen, da zeigte sich ein Grinsen im Spiegel, sodass der Trollteufel über seine kunstvolle Erfindung lachen musste. Alle, die in die Trollschule gingen, denn er hielt Trollschule, erzählten rundum, dass ein Wunder geschehen sei; jetzt könne man erst sehen, meinten sie, wie die Welt und die Menschen wirklich aussähen.

Sie liefen mit dem Spiegel umher, und zuletzt gab es kein Land und keinen Menschen, die nicht darin verzerrt worden wären. Nun wollten sie auch zum Himmel selbst hinauffliegen, um sich über die Engel und den Herrgott lustig zu machen.

Je höher sie mit dem Spiegel flogen, desto mehr grinste er, sie konnten ihn kaum festhalten; höher und höher flogen sie, Gott und Engeln näher; da erzitterte der Spiegel so furchtbar in seinem Grinsen, dass er ihnen aus den Händen fuhr und zur Erde stürzte, wo er in hundert Millionen, Billionen und noch mehr Stücke zersprang, und gerade dadurch richtete er viel größeres Unheil an als zuvor. Denn einige Stücke waren knapp so groß wie ein Sandkorn, und diese flogen in der weiten Welt umher, und wo sie Leuten ins Auge gerieten, da blieben sie sitzen, und da sahen die Menschen alles verkehrt oder hatten nur Augen für das, was bei einer Sache verkehrt war; denn jedes kleine Spiegelkörnchen hatte die gleiche Kraft behalten, die der ganze Spiegel besaß.

Einige Menschen bekamen sogar ein kleines Spiegelstückchen ins Herz, und dann war es ganz gräulich, das Herz wurde gleichsam zu einem Klumpen Eis.

Einige Spiegelstücke waren so groß, dass sie zu Fensterscheiben verwendet wurden; aber durch diese Scheiben sollte man seine Freunde lieber nicht betrachten; andere Stücke kamen in Brillen, und dann ging es schlecht, wenn Leute diese Brillen aufsetzten, um besser zu sehen und gerecht zu sein.

Der Böse lachte, dass ihm der Bauch platzte, und das kitzelte ihn so schön. Aber draußen flogen noch immer winzige Glassplitter in der Luft umher. (…)

Aus dem Dänischen von Albrecht Leonhardt

21. Dezember

21. Dezember

Ich will Weihnachten
in meinem Herzen tragen
und versuchen, es das
ganze Jahr über zu bewahren.

Charles Dickens

Selma Lagerlöf

Die Heilige Nacht

Teil I

22

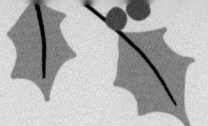

Es war an einem Weihnachtstag, alle waren zur Kirche gefahren, außer Großmutter und mir. Ich glaube, wir beide waren im ganzen Hause allein. Wir hatten nicht mitfahren können, weil die eine zu jung und die andere zu alt war. Und alle beide waren wir betrübt, dass wir nicht zum Mettegesang fahren und die Weihnachtslichter sehen konnten.

Aber wie wir so in unserer Einsamkeit saßen, fing Großmutter zu erzählen an. »Es war einmal ein Mann«, sagte sie, »der in die dunkle Nacht hinausging, um sich Feuer zu leihen. Er ging von Haus zu Haus und klopfte an. ›Ihr lieben Leute, helft mir‹, sagte er. ›Mein Weib hat eben ein Kindlein geboren, und ich muss Feuer anzünden, um es und den Kleinen zu erwärmen!‹ Aber es war tiefe Nacht, sodass alle Menschen schliefen, und niemand antwortete ihm. Der Mann ging und ging. Endlich erblickte er in weiter Ferne einen Feuerschein. Da wanderte er dieser Richtung zu und sah, dass das Feuer im Freien brannte. Eine Menge weißer Schafe lag rings um das Feuer und schlief, und ein alter Hirt wachte über der Herde. Als der Mann, der Feuer leihen wollte, zu den Schafen kam, sah er, dass drei große Hunde zu Füßen des Hirten ruhten und schliefen. Sie erwachten alle drei bei seinem Kommen und sperrten ihre weiten Rachen auf, als ob sie bellen wollten, aber man vernahm keinen Laut. Der Mann sah, dass sich die Haare auf ihrem Rücken sträubten, er sah, wie ihre scharfen Zähne funkelnd weiß im Feuerschein leuchteten, und wie sie auf ihn

losstürzten. Er fühlte, dass einer von ihnen nach seinen Beinen schnappte und einer nach seiner Hand und dass einer sich an seine Kehle hängte. Aber die Kinnladen und die Zähne, mit denen die Hunde beißen wollten, gehorchten ihnen nicht, und der Mann litt nicht den kleinsten Schaden. Nun wollte der Mann weitergehen, um das zu finden, was er brauchte. Aber die Schafe lagen so dicht nebeneinander, Rücken an Rücken, dass er nicht vorwärtskommen konnte. Da stieg der Mann auf die Rücken der Tiere und wanderte über sie hin dem Feuer zu. Und keins von den Tieren wachte auf oder regte sich.«

So weit hatte Großmutter ungestört erzählen können, aber nun konnte ich es nicht lassen, sie zu unterbrechen. »Warum regten sie sich nicht, Großmutter?«, fragte ich.

»Das wirst du nach einem Weilchen schon erfahren«, sagte Großmutter und fuhr mit ihrer Geschichte fort. »Als der Mann fast beim Feuer angelangt war, sah der Hirte auf. Es war ein alter, mürrischer Mann, der unwirsch und hart gegen alle Menschen war. Und als er einen Fremden kommen sah, griff er nach einem langen, spitzigen Stabe, den er in der Hand zu halten pflegte, wenn er seine Herde hütete, und warf ihn nach ihm. Und der Stab fuhr zischend gerade auf den Mann los, aber ehe er ihn traf, wich er zur Seite und sauste an ihm vorbei, weit über das Feld.«

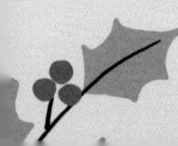

Als Großmutter so weit gekommen war, unterbrach ich sie abermals. »Großmutter, warum wollte der Stock den Mann nicht schlagen?«

Aber Großmutter ließ es sich nicht einfallen, mir zu antworten, sondern fuhr mit ihrer Erzählung fort. »Nun kam der Mann zu dem Hirten und sagte zu ihm: ›Guter Freund, hilf mir und leih mir ein wenig Feuer. Mein Weib hat eben ein Kindlein geboren, und ich muss Feuer machen, um es und den Kleinen zu erwärmen.‹ Der Hirt hätte am liebsten Nein gesagt, aber als er daran dachte, dass die Hunde dem Manne nicht hatten schaden können, dass die Schafe nicht vor ihm davongelaufen waren und dass sein Stab ihn nicht fällen wollte, da wurde ihm ein wenig bange, und er wagte es nicht, dem Fremden das abzuschlagen, was er begehrte. ›Nimm, so viel du brauchst‹, sagte er zu dem Manne. Aber das Feuer war beinahe ausgebrannt. Es waren keine Scheite und Zweige mehr übrig, sondern nur ein großer Gluthaufen, und der Fremde hatte weder Schaufel noch Eimer, worin er die roten Kohlen hätte tragen können. Als der Hirt dies sah, sagte er abermals: ›Nimm, so viel du brauchst!‹ Und er freute sich, dass der Mann kein Feuer wegtragen konnte.

22. Dezember

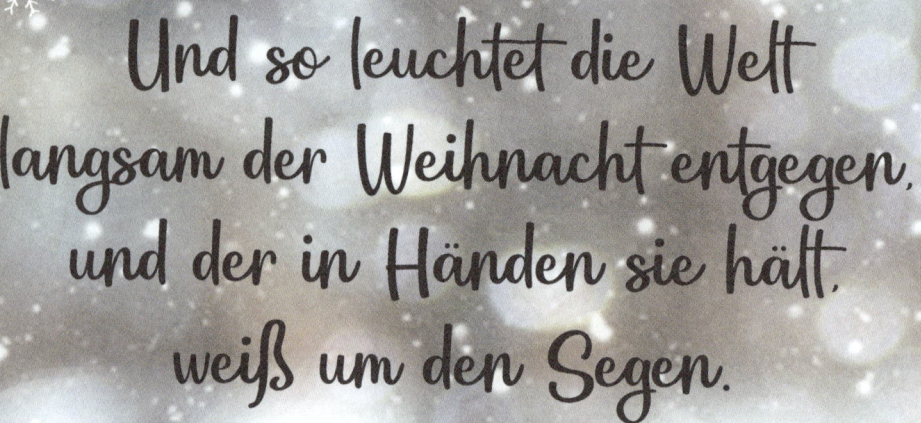

Und so leuchtet die Welt
langsam der Weihnacht entgegen,
und der in Händen sie hält,
weiß um den Segen.

Matthias Claudius

Selma Lagerlöf

Die Heilige Nacht

Teil II

23

Aber der Mann beugte sich hinunter, holte die Kohlen mit bloßen Händen aus der Asche und legte sie in seinen Mantel. Und weder versengten die Kohlen seine Hände, als er sie berührte, noch versengten sie seinen Mantel, sondern der Mann trug sie fort, als wenn es Nüsse oder Äpfel gewesen wären.«

Aber hier wurde die Märchenerzählerin zum dritten Mal unterbrochen. »Großmutter, warum wollte die Kohle den Mann nicht brennen?«

»Das wirst du schon hören«, sagte Großmutter, und dann erzählte sie weiter. »Als dieser Hirt, der ein so böser, mürrischer Mann war, dies alles sah, begann er sich bei sich selbst zu wundern: ›Was kann das für eine Nacht sein, da die Hunde nicht beißen, die Schafe sich nicht fürchten, der Speer nicht tötet und das Feuer nicht versengt?‹ Er rief den Fremden zurück und sprach zu ihm: ›Was ist das für eine Nacht? Und wie kommt es, dass alle Dinge dir Barmherzigkeit zeigen?‹ Da sagte der Mann: ›Ich kann es dir nicht sagen, wenn du selber es nicht siehst.‹ Und er wollte seiner Wege gehen, um bald ein Feuer anzünden und Weib und Kind wärmen zu können. Aber da dachte der Hirt, er wolle den Mann nicht ganz aus dem Gesicht verlieren, bevor er erfahren hätte, was dies alles bedeute. Er stand auf und ging ihm nach, bis er dorthin kam, wo der Fremde daheim war. Da sah der Hirt, dass der Mann

nicht einmal eine Hütte hatte, um darin zu wohnen, sondern er hatte sein Weib und sein Kind in einer Berggrotte liegen, wo es nichts gab als nackte, kalte Steinwände. Aber der Hirt dachte, dass das arme unschuldige Kindlein vielleicht dort in der Grotte erfrieren würde, und obgleich er ein harter Mann war, wurde er davon doch ergriffen und beschloss, dem Kinde zu helfen. Und er löste sein Ränzel von der Schulter und nahm daraus ein weiches, weißes Schaffell hervor. Das gab er dem fremden Manne und sagte, er möge das Kind darauf betten. Aber in demselben Augenblick, in dem er zeigte, dass auch er barmherzig sein konnte, wurden ihm die Augen geöffnet, und er sah, was er vorher nicht hatte sehen, und hörte, was er vorher nicht hatte hören können. Er sah, dass rund um ihn ein dichter Kreis von kleinen, silberbeflügelten Englein stand. Und jedes von ihnen hielt ein Saitenspiel in der Hand, und alle sangen sie mit lauter Stimme, dass in dieser Nacht der Heiland geboren wäre, der die Welt von ihren Sünden erlösen solle. Da begriff er, warum in dieser Nacht alle Dinge so froh waren, dass sie niemand etwas zuleide tun wollten. Und nicht nur rings um den Hirten waren Engel, sondern er sah sie überall. Sie saßen in der Grotte, und sie saßen auf dem Berge, und sie flogen unter dem Himmel. Sie kamen in großen Scharen über den Weg gegangen, und wie sie vorbeikamen, blieben sie stehen und warfen einen Blick auf das Kind. Es herrschte eitel Jubel und Freude und Singen und Spiel, und das alles sah er in der

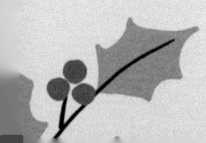

dunklen Nacht, in der er früher nichts zu gewahren vermocht hatte. Und er wurde so froh, dass seine Augen geöffnet waren, dass er auf die Knie fiel und Gott dankte.«

Als Großmutter so weit gekommen war, seufzte sie und sagte: »Aber was der Hirte sah, das könnten wir auch sehen, denn die Engel fliegen in jeder Weihnachtsnacht unter dem Himmel, wenn wir sie nur zu gewahren vermögen.«

Und dann legte Großmutter ihre Hand auf meinen Kopf und sagte: »Dies sollst du dir merken, denn es ist so wahr, wie dass ich dich sehe und du mich siehst. Nicht auf Lichter und Lampen kommt es an, und es liegt nicht an Mond und Sonne, sondern was nottut, ist, dass wir Augen haben, die Gottes Herrlichkeit sehen können.«

(Auszug)

Aus dem Schwedischen von Marie Franzos

23. Dezember

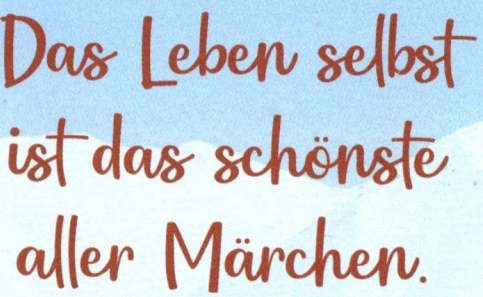

Das Leben selbst
ist das schönste
aller Märchen.

Hans Christian Andersen

Johan Ludvig Runeberg

Ein Weihnachtsabend
in der Lotsenhütte

24

Eine zu eifrig fortgesetzte Jagd in den Schären und dann plötzlich aufkommender Gegenwind und Sturm hinderten uns zu unserem großen Verdruss daran, wie beabsichtigt vor Heiligabend in die Stadt zurückzukehren. Stattdessen wurden wir den ganzen Abend auf offener See hin- und hergeworfen. Mit einer kleineren Schaluppe als der unseren hätte die Lage gefährlich und die Stimmung unerträglich werden können, wenn nicht einer von uns die Fähigkeit besessen hätte, unsere Trübsal durch seinen Frohsinn und seine Geschichten zu zerstreuen.

Dieser Mann war Ausländer und führte ein Schiff, dessen Eigner er war und in dem er in unserem Hafen überwinterte. Ihm war es weniger wichtig als anderen, Weihnachten auf dem Festland zu feiern, und es gab keine Verwandten, die ihn beim Milchreis und bei der Festtagstorte vermisst hätten. Außerdem war er, ganz im Gegensatz zu uns anderen, gegen Wind, Kälte und Wasser richtiggehend abgehärtet, und an der Ruderpinne seiner eigenen Schaluppe hätte er wohl kaum den Kopf eingezogen, selbst wenn die Wogen so groß gewesen wären, dass er beinahe den Mond berührt hatte.

Unsere Segelfahrt verlief aber auch weiterhin alles andere als angenehm. Wir kreuzten in zwei und dreiviertel Meilen langen Schlägen und kamen wegen der heftigen Dünung, die den Segeln ständig entgegenwirkte, nicht nennenswert voran. Allmählich ließen wir alle Hoffnung fahren, Festland zu ge-

winnen, und beschlossen, am Lotsholmen anzulegen, einem kargen, tannenbewachsenen Felsen im Meer, und bei den Lotsen, die dort eine Hütte bewohnten, um ein Nachtquartier zu bitten. Aus der Ferne sahen wir im Fenster einen Feuerschein, und der muntere Kapitän hielt mit der Schaluppe bei gutem Wind darauf zu.

»Ohne Prahlerei, meine Herren«, rief er jetzt und genehmigte sich einen großen Schluck kühlen Arraklikör, »kann man nun von einem guten Wind sprechen. Ein ähnlicher, wenn nicht sogar weit besserer war mir im Alter von vier oder fünf Jahren vergönnt, als ich mich allein auf See befand. Ich habe noch nicht erwähnt, dass es um mich anders bestellt ist als um die meisten Menschenkinder. Ich weiß nämlich besser, wo es mich hinführt, als wo ich herkomme. Kurzum: Als ich also etwa fünf Jahre alt war, und das müsste, wie man mir sagte, etwa dreißig Jahre her sein, befand ich mich in einer Nacht wie heute auf dem weiten Meer mit dem Unterschied, dass ich damals Wind und Wellen preisgegeben war, während ich heute zwei ungereffte Segel setzen kann. Damals war ich starr vor Kälte, und jetzt ist mir warm bis in die kleinen Zehen. Ich erinnere mich kaum an die Umstände meiner ersten Expedition, aber was ich noch weiß, ist, dass ich einsam auf einem Felsen im wilden Meer zurückgelassen wurde und jenen hinterherfahren wollte, die mich so im Stich gelassen hatten. Es war stockdunkel wie jetzt, und als ich zu rudern versuchte, wurden mir die Riemen

von der ersten Welle aus den Händen geschlagen. Wie lange ich in dieser Lage herumtrieb, weiß ich nicht, aber sicher ist, dass ich schließlich bei guten Leuten anlandete. Ich weiß also, wie Sie sehen, meine Herren, kaum besser als Adam, ob ich Eltern hatte oder nicht. Die Leute, die mich aufnahmen und ins Leben zurückbrachten, waren Gauner von Beruf und im Übrigen wohlhabende Bauern. Ich wuchs bei ihnen auf und nahm an ihren Geschäften teil, bis mein Bart zu wachsen begann. Da heuerte ich auf einem Kauffahrteischiff an und wurde ein ehrlicher Mann. – Aufgepasst, Bootshaken zur Hand, abstoßen! Ich glaube, der Böse selbst weist mir den Kurs zwischen diesen Felsen.«

Die Schaluppe lag mit flatternden Segeln in einer Bucht, die von Felsen gebildet wurde. Wir reckten unsere steifen Glieder, gähnten und vertrieben durch Gebrüll die Kälte aus dem Körper. Der Kapitän und zwei Schiffsjungen blieben bei der Schaluppe und machten klar Schiff. Wir anderen schwankten in die warme Hütte.

24. Dezember

Dort wurde richtig Weihnachten gefeiert. In dem großen offenen Kamin loderte ein gewaltiges Kiefernholzfeuer und erleuchtete den Raum. Außerdem brannten auf dem Tisch eine große, sich verzweigende Kerze sowie einige kleinere. An den Wänden hingen Netze und andere Fischereigeräte, und in den Ecken der Hütte drängten sich weiß aufblitzende Ziegen und Zicklein zusammen.

Die Bewohner der Hütte waren eine sehr alte Frau, die am Tisch saß, in ihr Gesangbuch schaute und zu singen schien, und ein Mann mittleren Alters mit seiner Frau und seinen fünf Kindern, von denen vier mit Tonflöten ein fürchterliches Konzert veranstalteten und vom fünften und ältesten auf einer schrillen Holztrompete begleitet wurden.

Als wir eintraten, erhob sich der Vater, stampfte auf den Boden, um die lärmenden Kinder zur Ruhe zu bringen, und nickte uns freundlich und ungezwungen zu.

Die alte Frau legte ihr Buch auf den Tisch, nahm die Brille ab und sah uns durchdringend an. »Wer seid ihr, gute Leute?«, fragte sie. »Habt ihr an Heiligabend kein Zuhause, oder liegen Schiff und Gut im Meer? Aber ihr habt nicht mit Schüssen nach dem Lotsen gerufen, und ich sei verflucht, wenn jemand das Gegenteil beweist.«

Bei diesen Worten spuckte sie auf ihre runzligen Finger, knipste den Docht von einer Kerze, stand auf und leuchtete uns grell ins Gesicht. »Hoho«, fuhr sie fort, »aber der Hase muss verdammt weiß sein, damit man ihn an Weihnachten ins Haus jagen möchte. Mal sehen, was wir euch allen zu essen geben können. Hering gibt es natürlich zuhauf, und Anna soll versuchen, den Ziegen etwas mehr Milch zu entlocken, aber mitten in der Nacht mag niemand mehr Milchreis kochen. «

Die Alte und die anderen beiden Erwachsenen waren es bald zufrieden. Wir entledigten uns unserer Pelze, wärmten uns und machten uns durch eine Tasse Arrakliqör beliebt, die wir unseren Wirtsleuten gerne anboten und die von diesen noch lieber angenommen wurde. Bald fühlten wir uns in der warmen Hütte außerordentlich wohl. Die Alte wollte beginnen, uns unser Nachtlager zu bereiten, und drang auf eiliges Melken der Ziegen, als sie der Zufall bei ihrer Verrichtung unterbrach, was ungeahnte Folgen zeitigte.

Der Kapitän, der bei der Schaluppe geblieben war, hatte inzwischen alles an Bord in Ordnung gebracht, die Segel beschlagen, das Schiff vertäut und das Gepäck zur Hütte geschickt und war nun bereit, die Nacht an Land zu verbringen. Ehe er sich mit seinem Gewehr in die Wärme begab, erinnerte er sich jedoch an das, was wir vergessen hatten, nämlich einen

24. Dezember

Schuss abzufeuern. Es war der Knall dieses Schusses, der die Verrichtungen unterbrach.

Die Alte hörte den Schuss und warf achtlos das Eiderdaunenkissen beiseite, das sie gerade in der Hand hielt. »Habt ihr das gehört?«, fragte sie mit zitternder Stimme. »Habt ihr nicht einen Schuss vernommen? Möge Gott sich über Juno erbarmen, die nicht in Norwegen überwintern konnte, sondern zu dieser Jahreszeit auf die Untiefe zusteuert. Leg ab, mein Junge, nimm Kurs auf Nordwest, und bleib im Wind, wir kümmern uns um die Kinder, sorge dich nicht um sie. Beeile dich nur!«

Jüngere Ohren als die der Alten bemerkten sofort ihren Fehler. Der sogenannte Junge, ihr vierzigjähriger Sohn, unterbrach lächelnd ihre Ermahnungen und sagte halb verlegen, halb mitleidig: »Immer spukt es in Euren Ohren, liebe Mutter, und Ihr werdet auch dann noch Schüsse hören, wenn eine Fliege über Euer Grab geht, nachdem Ihr Euch dort zur Ruhe begeben habt. Aber wenn ich mich nicht irre, war das eine Hasenflinte, die einer der Herren hier am Strand durchgepustet hat, und kein Knall der sechspfündigen Drehbasse auf der Juno.«

»Haha«, sagte die Alte, »die Jungen halten sich immer für so klug, aber ich bin nicht verrückt und stamme auch nicht von verrückten Eltern ab. Gott helfe mir, aber der Heilige Abend,

der andere so fröhlich stimmt, ist mein Trauerabend. Ich kann nichts dafür, denn was hätte ich arme Frau auch unternehmen können? Aber setzt euch vor den Kamin, gute Leute, so will ich euch erzählen, was eine schwache Frau einst tat und wie es ihr gelohnt wurde.«

Wir kamen dem Wunsch der Alten nach, während unsere Besatzung und die junge Hausfrau unser Abendessen zubereiteten und das kalte Essen aufwärmten, das wir mitgebracht hatten. Dann hub die Alte zu erzählen an:

»Es ist nun schon länger her, als die Erinnerung vieler unter euch, gute Freunde, zurückreicht, wenn ich eure Gesichter richtig deute. An einem Weihnachtsabend wie diesem befand ich mich allein in dieser Hütte. Ich muss sagen, allein, denn meine zwei Kinder, die mir um die Beine liefen, bedurften selbst mehr der Hilfe, als dass sie mir eine Hilfe hätten sein können. Das Meer lag offen wie jetzt, und obwohl es heute durch die Speicherluke zu pfeifen scheint, ist dieser Wind verglichen mit dem damaligen Sturm nur eine leichte Brise. Wir erwarteten kein Schiff, und mein Mann war mit seinen Kameraden in die Stadt gefahren, um am Weihnachtstag in die Kirche zu gehen und dort vielleicht einen lustigeren Abend zu verbringen, als es hier möglich gewesen wäre. Damals waren meine Wangen roter, und ich besaß ein Herz, das zu einer Frau passte. Ich saß am Tisch und las im Gesangbuch wie vorhin, als ihr hereinkamt, und die Kinder, die soeben zu Abend gegessen hatten, spielten mit den kleinen Dingen, die ihnen zu Weihnachten beschert worden waren. Der Ältere, der damals zehn Jahre alt war und heute alt und weise ist, segelte mit einem Rindenschiff auf den Dielen, der Jüngere benutzte unser Schneidebrett als Boot und spielte außerdem mit einer Glasperlenkette mit einem goldenen Herzen, die mir mein Mann geschenkt hatte und die ich dem Jungen an diesem Abend um den Hals gelegt hatte. So verbrachten wir den Abend, als ich plötzlich einen Schuss auf See hörte. Gott möge mir mein Unrecht vergeben, aber ich glaubte kein solches zu begehen.

Ich nahm den Älteren als Vorschoter mit, legte ab und segelte los. Dem Jüngeren, der uns ans Ufer begleitet hatte, befahl ich, in die Hütte zurückzugehen. Aber er bewegte sich nicht vom Fleck und rief mir weinend nach, bis Wind und Wogen wenig später seine Schreie übertönten. Als ich die Unterwasserfelsen erreichte, sah ich einen Feuerschein von dem Schiff, das in der Dunkelheit in nördlicher Richtung geradewegs auf die Felsen zuhielt, als wäre es noch nie in unseren Hafen eingelaufen. Gerade noch rechtzeitig kam ich ihnen zuvor, bekam das Ruder nach Lee, und das Schiff wendete dicht vor Riff und Fels. Und so war es mir, als Frau, vergönnt, das große Schiff des alten Herrn Adolf unversehrt in den Hafen zu geleiten. An diesen Abend hätte ich mich mein Leben lang mit Freuden erinnert, wenn zu Hause alles gewesen wäre, wie es hätte sein sollen. Es war vier Uhr morgens, als ich in dieses Haus zurückkehrte. Ich wollte ausruhen, aber was nun folgte, war schlimmer als die vorherigen Mühen. Der jüngere Knabe war verschwunden. Mit der Laterne in der Hand suchte ich ihn die ganze Nacht auf unseren Felsen, ich rief seinen Namen so laut, dass ich den Sturm übertönte. Aber ich hätte genauso gut auf dem Meeresgrund rufen und suchen können. Als der Morgen anbrach, sah ich einen nackten Pfahl, an dem das andere Boot vertäut gewesen war. Das Boot und den Jungen habe ich seither nicht mehr gesehen, das Boot war Gold wert, aber der Junge war mir teurer als das Leben.«

24. Dezember

Die Alte verstummte bei diesen Worten und brach in Tränen aus. Während ihrer Erzählung war der Kapitän eingetreten, schien ihren Worten aber kaum Beachtung zu schenken. Stattdessen betrachtete er die Wände, das Dach, alles in der Hütte, insbesondere ein altes Schneidebrett, das neben dem offenen Herd an der Wand hing und in der Mitte beinahe vollkommen zerschnitten war, aber an den Rändern noch recht wohlerhaltene Verzierungen aufwies.

Als die alte Frau geendet hatte, stand er auf, trat auf sie zu, riss Rock und Weste auf und zog eine Perlenkette hervor, die er auf ihren Schoß legte.

Die Alte betrachtete sie eine Weile, hob dann ihren Blick und sah den Kapitän mit erstaunter Miene an. Dann erhob auch sie sich rasch, umarmte ihn und schluchzte, ohne ein Wort zu sagen. Als sie schließlich ihr Antlitz hob, strahlte die Freude aus jeder Falte.

»Wie sehr du doch deinem Vater gleichst, als sei er wieder auferstanden!«, sagte sie nun. »Nur bist du noch viel schöner als er. Gott behüte dich, du Lausbub, wer hat dir erlaubt, allein in See zu stechen? War das etwa ein Wetter für dich? Aber ich war ein Schaf, dass ich dich nicht am Bettpfosten festgebunden habe, dann wärst du zu Hause geblieben. Gott sei Dank! Jetzt

kann ich in Ruhe sterben, und niemand wird an meinem Grab fragen, was ich mit meinem Kind gemacht habe.«

Unsere Überraschung lässt sich leicht nachvollziehen, aber jener Weihnachtsabend, der so traurig zu verlaufen drohte, wurde fröhlicher als viele andere.

Aus dem Schwedischen von Lotta Rüegger

Impressum

In einigen Fällen war es nicht möglich, für den Abdruck der Texte die Rechteinhaber:innen zu ermitteln. Honoraransprüche der Autor:innen, Verlage und ihrer Rechtsnachfolger:innen bleiben gewahrt.

Wir danken folgenden Verlagen, Autor:innen und Übersetzer:innen für die Abdruckgenehmigungen:

Mark Levengood, Kleines Weihnachten. Aus dem Finnlandschwedischen von Dagmar Mißfeldt. Copyright © Mark Levengood, 2015.

Iselin C. Hermann, Ein Weihnachtsmärchen. Aus dem Dänischen von Gabriele Haefs. Copyright © 2002 Rowohlt Verlag GmbH, Reinbek bei Hamburg.

Hans Christian Andersen, Der Wichtel beim Krämer. Aus dem Dänischen von Nora Pröfrock.

Herman Bang, Weihnachten. Das Fest der Erinnerungen (*Mindernes Fest. Jul*). Aus dem Dänischen von Joachim Grage und Anne-Bitt Gerecke. © der deutschen Übersetzung: Joachim Grage und Anne-Bitt Gerecke.

Das Kätzchen auf Dovre. Norwegisches Märchen aus der Märchensammlung von Peter Christen Asbjørnsen und Jörgen Moe.

Kim Smage, Das Weingeheimnis. Aus dem Norwegischen von Gabriele Haefs. Copyright © Kim Småge. Copyright © der deutschen Übersetzung: Rowohlt GmbH, Reinbek bei Hamburg 2002.

Henrik Valentin, Rudolph mit der roten Nase. Aus dem Schwedischen von Regine Elsässer. In: *Kvalstret i granen och andra julberättelser*. Fonem Förlag, Malmö 2009 © Henrik Valentin.

Henning Mankell, Der erste Zug nach Borås (*Första tåget till Borås*). Aus dem Schwedischen von Lotta Rüegger. In: Göteborgs-Posten, 24.12.2013 © 2013 Henning Mankell by agreement with Leonhardt & Høier Literary Agency/Copenhagen Literary Agency. © der deutschen Übersetzung: 2015 Piper Verlag GmbH, München.

Unbekannt, Der Wichtel und die Lederhosen. Aus dem Norwegischen von Kerstin Reimers.

Arto Paasilinna, Unterwegs als Weihnachtsmann (*Joulupukkina*). Aus dem Finnischen von Angela Plöger. © The Estate of Arto Paasilinna. First published in German with the title *Unterwegs als Weihnachtsmann. Erzählung in Weihnachtsgeschichten aus Skandinavien*. Wunderlich, 2002. Published by arrangement with Bonnier Rights Finland. Copyright © der deutschen Übersetzung: Rowohlt GmbH, Reinbek bei Hamburg 2002.

Timo Parvela, Weihnachten bei Hund und Katz. Aus dem Finnischen von Anu und Nina Stohner © Timo Parvela 2009. First published in Finnish in the work entitled *Maukka ja Väykkä*, Tammi Publishers 2009. Published by arrangement with Bonnier Rights Finland. Copyright © der deutschen Übersetzung: 2011 Carl Hanser Verlag GmbH & Co. KG, München.

Hans Christian Andersen, Die Schneekönigin, Erste Geschichte. Aus dem Dänischen von Albrecht Leonhardt. In: *Nikolaus Heidelbach, Albrecht Leonhardt, „Hans Christian Andersen Märchen*. © 2004, 2007 Beltz & Gelberg in der Verlagsgruppe Beltz, Weinheim Basel.

Selma Lagerlöf, Die Heilige Nacht (*Den heliga natten*). Aus dem Schwedischen von Marie Franzos.

Johan Ludvig Runeberg, Ein Weihnachtsabend in der Lotsenhütte. Aus dem Schwedischen von Lotta Rüegger. © der deutschen Übersetzung: 2015 Piper Verlag GmbH, München.

Gestaltung Cover: Grafisches Atelier, arsEdition GmbH
Illustration und Gestaltung Innenteil: Lena Maria Bellermann

Bildnachweis Cover:
Joanna Kosinska / Unsplash; www.shutterstock.com: Marish, Victory1103, tatianasun, Sofiaworld, Peter Zenkl Photography

Bildnachweis Inhalt:
Fotos: S. 4-5: Todd Diemer / Unsplash.com, S. 8-9: Haseeb Jamil / Unsplash.com, S. 12-13: Woskresenskiy / Shutterstock.com, S. 16-17: Alessandro Viaro / Unsplash.com, S. 20-21: Marc Markstein / Unsplash.com, S. 24-25: Yang Shuo / Unsplash.com, S. 28-29: Roxana Bashyrova / Shutterstock.com, S. 32-33, 84-85: Joanna Kosinska / Unsplash.com, S. 36-37: Aaron Burden / Unsplash.com, S. 40-41, 60-61: Anna Kumpan / Unsplash.com, S. 44-45: Marcus Lofvenberg / Unsplash.com, S. 48-49: Mel Poole / Unsplash.com, S. 52-53: Alex Stemmers /Shutterstock.com, S. 56-57: Chris Stenger / Unsplash.com, S. 64-65: Simon Berger / Unsplash.com, S. 68-69: Galina N / Unsplash.com, S. 72-73: pixabay / Pexels.com, S. 76-77: Thom Milkovic / Unsplash.com, S. 80-81: Stein Egil Liland / Pexels.com, S. 88-89: Eberhard Grossgasteiger / Unsplash.com, S. 92-93: Jill Wellington/ Pexels.com, S. 96-97: Asgeir Pall Juliusson / Unsplash.com.

ISBN 978-3-8458-4920-1
www.arsedition.de